ERIPUIT·CŒLO·FULMEN·SCEPTRUMQUE·TIRANNIS

BEN AND ME
本和我

[美] 罗伯特·罗素 — 著

程婧波 — 译

云南人民出版社

A New and Astonishing Life of
BENJAMIN FRANKLIN

As written by his Good Mouse
AMOS

Lately discovered, edited & illustrated by
ROBERT LAWSON

果麦文化 出品

本杰明·富兰克林的好伙计阿莫鼠笔下
他那鲜为人知、不可思议的传奇人生

发现、整理及配图：罗伯特·罗素

前 言

　　最近，一位建筑家朋友给我寄来了一份手稿，《本和我》正是成书于此。工人们在改建一栋费城的老房子时，从卧室暖炉的砖块下面发现了一个小洞。这看起来像是个袖珍的房间，大概长宽各只有十八英寸。房间内布置着不少小小的家具，都是殖民地时期的风格。这些家具当中，在一张秘书桌的抽屉里，人们找到了一册手稿。那只有邮票般大小的册页上，写满了密密麻麻的蝇头小字。

靠着一枚顶厉害的阅读放大镜，我的朋友认清了那些小字，读到了以下的故事。

他担心这样重大的文件八成是什么古老的骗局，于是把手稿寄给了数位权威人士，以听取他们的意见。

布朗索尼安研究所的专家们向他保证，通过对纸张和墨水的鉴定，这手稿确凿无疑地属于殖民地时期的产物，而上面的文字应当也是用同一时期的羽毛笔写就的。

更令人震惊的是来自国家自然历史博物馆的鉴定结果，他们认为，世间真是无奇不有，那些笔迹毫无疑问来自——一只老鼠！

在此，我把阿莫鼠的故事原封不动地呈现给诸位，不做画蛇添足的解释，仅仅是修正了一丁点的拼写和文法错误，再加上一些插图。

我自然清楚，他所讲述的富兰克林的一生，在诸多方面都与后来史学家们笔下的有所不同。我不想对此妄加揣测，不过，这些来自与伟人朝夕相伴的密友所记录下的点滴故事，似乎比后来的学者们所书写的历史更为可信。

罗伯特·罗素
于兔子坡
一九三九年五月

目录

1. 我，阿莫鼠 **001**
2. 我们发明了富兰克林炉 **007**
3. 交易 **013**
4. 游泳 **018**
5. 我们的印刷事业 **025**
6. 电 **032**
7. 避雷针 **040**

8. 噩梦风筝　　　　　　　　　　　046

9. 战争！　　　　　　　　　　　　055

10. 法国美人　　　　　　　　　　　059

11. 出使法国　　　　　　　　　　　063

12. 计划　　　　　　　　　　　　　069

13. 凡尔赛王宫之战　　　　　　　　075

14. 回家　　　　　　　　　　　　　086

15. 生日快乐！　　　　　　　　　　090

附录：本杰明·富兰克林生平　　　　094

◦ 1 ◦
我，阿莫鼠

自从我的好友兼资助人本·富兰克林与世长辞以来，不少所谓的历史学家便试图为他的一生立书作传。这些著作大多谬误百出，我感到是时候亲自执笔，以正视听了。

消息闭塞的三流文人们总是惊讶于本的博学多识、英明睿智，在他们看来本似乎对世间一切都了然于心。

要是他们来问问我，我可以毫不客气地说：这都是因为我。

多年以来，我都是他的密友和军师。可以这么说，他的功成名就与我密不可分。

倒不是我给自己脸上贴金，我不过是想要说句公道话罢了。荣誉应当属于有功之人嘛——有功之人嘛，主要就是我。

本无疑是个了不起的家伙，他是个伟人，爱国人士；但他也时不时会犯点傻，要不是我的话——好吧，我这就把事情的本来面目写出来，诸君做个评判吧。

我是二十六个兄弟姐妹中最大的一个。我的父母按照字母表的顺序替我们起了名字。我，打头的，就叫阿莫鼠（Amos），后面的依次取名叫作芭丝鼠芭（Bathsheba）、克耗德（Claude）、丹尼耗（Daniel）……一直到鼠诺芬（Xenophon）、伊鼠贝儿（Ysobel）和泽纳鼠（Zenas）。

我们住在费城第二大街老基督教堂的小祈祷室里，就在嵌板后面。有那么多张嘴要吃饭，自然不是个殷实之家。事实上，我们相当穷，简直一贫如洗。

1745年的那个寒冬，我们一家走入了绝境。那年的冬天是如此寒冷，令人至今难忘。夜复一夜，我可怜的老爹只能拖着湿漉漉的疲惫身躯，带着空空如也的食物袋回家。

我们不得不去啃祈祷书，啃光了祈祷书之后，我们又去啃牧师的布道书。我终于受够了。那些祈祷书已经很难下口，更别提布道书了，那更难啃！

作为家中的长子，我是该离家去外面的世界闯荡一番了，说不定还能因此接济其他手足。至少，我一走家里也少了一张嘴吃饭。

于是，我和他们道了别——我的老妈，老爹，还有其他兄弟姐妹们，从芭丝鼠芭到泽纳鼠。在一个寒风凛冽的冬夜，我上路了。

那时我压根就没想过，再次回到那间小小的祈祷室时，我已见识过怎样的奇人异事了。我满脑子都是我那冻僵了的双手，饥肠辘辘的肚子，还有那些要命的布道书。

那个晚上，也不知道走了多远，饥寒交迫的我已经有些神志不清。唯一能记得的就是我走进了一间厨房，闻到了奶酪的味道！没花多少工夫我就找到了它，虽然只剩了点儿奶酪皮，而且又干又硬，可是我吃起来却狼吞虎咽。

几天来总算是饱餐了一顿像样的食物，我恢复元气，打量起了这栋房子。这房子真可以用家徒四壁来形容——干干净净，什么都没有。仅有的几件家什，不是太硬就是太滑，无法下口，没有软绵绵的东西，也没有不为人知的角落，

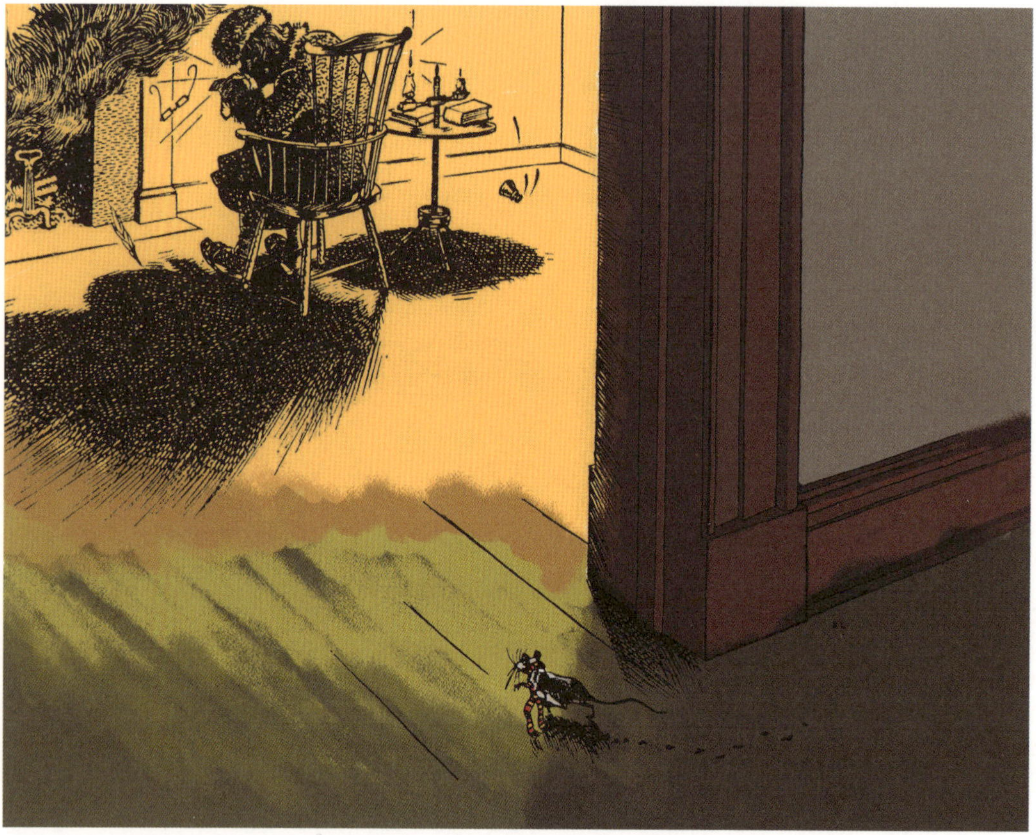

好让我这样个头的主儿能蜷起来打个舒舒服服、暖暖和和的盹儿。屋子里也很冷，和外头一样冷。

楼上有两间房。一间黑漆漆的，里面传来鼾声。另一间则透着点亮光，里面喷嚏连连。我选择了喷嚏连连的那间。

火炉旁的大椅子里，坐着一个身材粗壮的胖脸男人，他正借着一支蜡烛的微光写着什么。每隔一会儿，他就会打喷嚏，他的方框眼镜也会随之飞出。他放下笔去捡眼镜，再回到座位前重新坐好，烛火便随之摇曳不定；待到烛光稳定下来，他的喷嚏又会接踵而至，这一切再度循环往复。这样下去，他怕是写不出个什么名堂。

我当然知道他是谁。费城人人都知道伟大的本杰明·富兰克林博士——他还是科学家、发明家、出版家、编辑家、作家、军事家、政治家和哲学家。

不过在那个晚上，他看起来既不伟大，也不出众。他看起来冷得不行，还有点昏头昏脑的。

他身上裹着一件睡袍，毛领子脏兮兮的，头上呢，戴着一顶古怪的毛皮帽子。

那帽子提起了我的兴致，因为我仍然感到冷得刺骨——这个房间也和房子里的其他地方一样昏暗阴冷。尽管那帽子着实丑陋不堪，但在它的一侧我发现了一个洞——大小刚好够我钻进去。

顺着椅背我就爬了上去，在一连串喷嚏声的掩护之下，我溜进了那顶帽子。真是个舒坦的地方啊！有足够的空间令我伸展自如；空气也十分充足；皮毛柔软，关键是非常暖和！

"这儿，"我对自己说，"就是我的家了。我再也不用住在冷冰冰的街道、地窖和小祈祷室里了。我就住这儿了！"

那时候，我当然想不到这里竟然真的成了我的家。我只知道我是那么的暖和，那么的饱足——哦，还有那么的困倦！

就这样我睡着了。

﹒2﹒
我们发明了富兰克林炉

我一觉睡到第二天早上，很晚才起来。醒来时发现我的新家——那顶皮毛帽子正挂在床头上，而我自个儿呢，就在帽子里呢。

富兰克林博士又蜷缩在火炉边，正奋力地想要在打喷嚏和找眼镜的间隙写下点什么。那原本该燃烧着火苗的地方，此刻正冒着青烟。房间里一如既往地冷。

"可不是我说你，"我开口道，"不过，要是能在那堆你以为还燃着火的死灰上加点儿木柴，就……"

"'无欲便无求'。"他严厉地答道，一边还继续写着什么。

"好吧，我只是不想，"我说，"只是不想你冷得患上肺炎，在床上躺上三两个星期的，到时候你就真会无欲无求了吧——"

"那倒是。"他说着，往壁炉里加了根柴火，"说起来，你是谁呀？"

"阿莫鼠。"我答道，"肺炎的事儿还没完，恐怕你还会收到一堆来自医生的账单——"

"账单！"他听后为之一震，连忙又往壁炉里添了两根柴火。火总算燃了起来，房间里也变得不那么冷了，但还不够暖和。

"富兰克林博士，"我说，"您这壁炉真是一塌糊涂。"

"你叫我本好了——就简简单单地叫我本。"他说，"壁炉有什么问题？"

"这个嘛，一来，大量的热气都从烟囱跑掉了。二来，你没法围着它取暖。我记得，在我们教堂外总有个男人在那儿卖热栗子。有时候，生意有点儿忙不过来，他就会掉下一颗栗子。我爹总是小心翼翼地盯着，在栗子掉落地面以前一把将它接进袋子里，然后带着栗子回到祈祷室。他会把栗子放在地板中央，我们一家就能围着栗子取暖啦。"

"一颗热栗子能让我们一家二十八口人取暖，也能让整个屋子变得暖和。这都是因为栗子可以放在房间中央，而不是非要挖个洞埋起来藏在墙里——

008

像您的壁炉那样。"

"阿莫鼠！"他兴奋地打断了我，"我想到了一个好主意！不过我们没法把柴火挪到屋子中间来啊。"

"把炉子装到别的东西里面就行了，装到铁家伙或者别的什么东西里。"

"那烟怎么办？"他对此表示反对。

"不是有烟囱管道嘛。"我说完，便又蜷缩起来，想打一会儿小盹儿。

不过，我可没睡成。

本跑下楼，抱上来一大堆杂七杂八的玩意儿，往地上一扔，又下楼去拿更多的东西。这谁还睡得着啊？连成天都在打盹儿的睡鼠都不行。来来回回搬运几次之后，本弄来了这么些东西：铁、锡和钢丝的边角碎料，一对老旧的火盆，一个铁炉，三个熨斗，六个锅盖，一个钢丝鸟笼和一个铁砧。还有锯子、锤子、钳子、锉子、钻头、钉子、螺丝、螺栓、砖块和沙土，甚至还有一把破旧的剑。

他有了一堆的计划，开始忙碌起来。叮叮梆梆的声音一响，这哪还能睡得着，所以我也在一旁尽力帮忙，捡捡他掉在地上的螺母和螺栓啦，工具啦，还有——他的眼镜。

一旦入了迷，本简直就是个工作狂。忙到差不多大中午了他才停下来稍作休息。我们打量起已经完工的活计，它看起来不算太糟——我想是的。

它的外形像极了一个长了腿儿的小壁炉，脸帘儿上开了两扇钢门，一条烟囱管道从它背上延伸到了原先的壁炉处。本已经把铁质的柴架从壁炉里拿

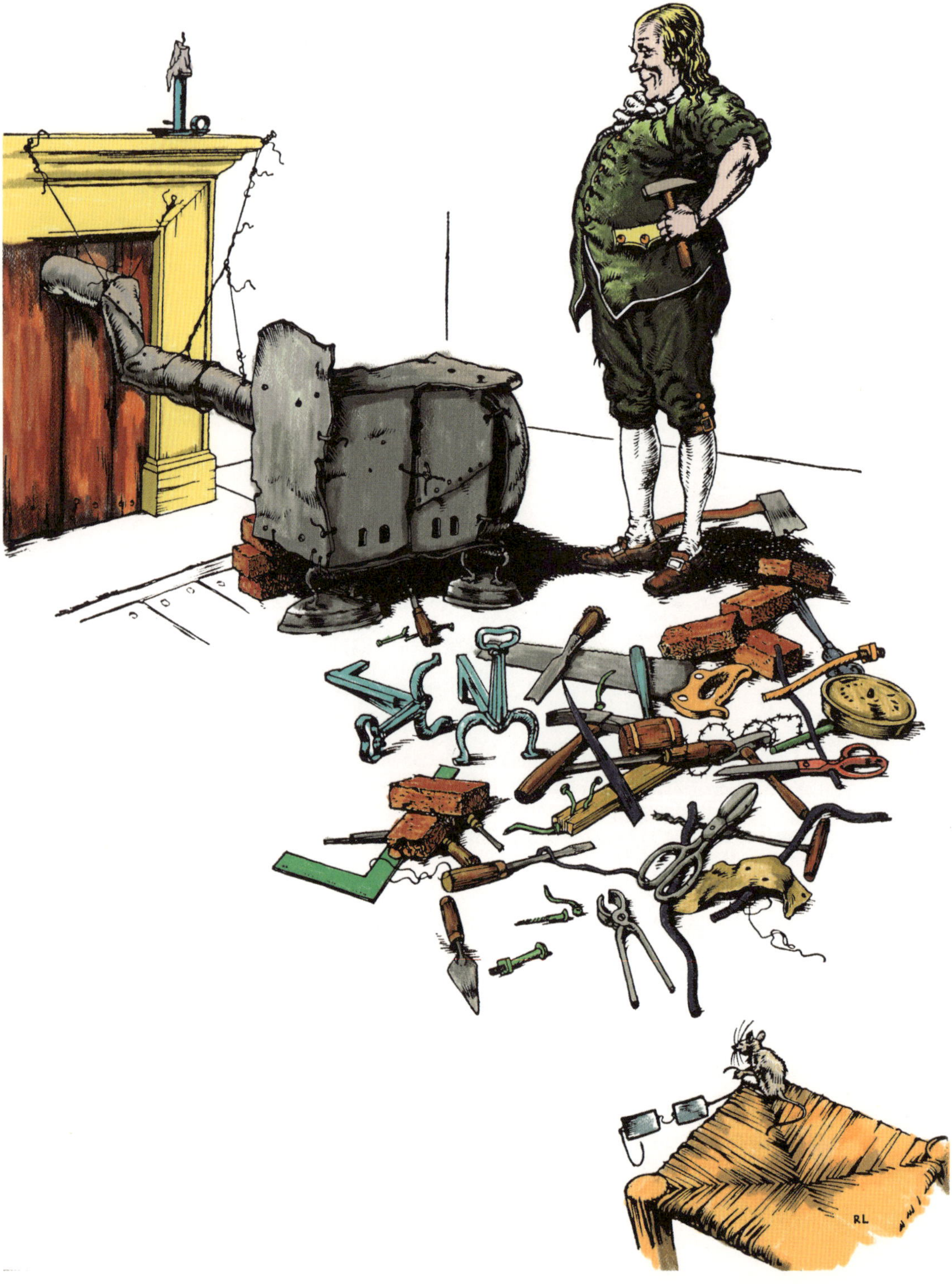

了出来，把原来的壁炉给封死了，这样一来热气儿就不会顺着烟囱跑掉了。

本绕着暖炉走走看看，别提多得意了，但很快他又发现了新问题。

"地板，"他说，"我还得解决地板的问题呐，阿莫鼠。新暖炉长了个小短腿儿和薄薄的钢屁股，热量会……"

"以前在码头那会儿，"我说，"我们常听住在船上的老鼠说起水手是怎么在船上生火做饭的。先在甲板上铺上一层沙子，接着放上砖头，然后……"

"阿莫鼠！"他叫道，"真有你的！"说着就冲出去找砖头和沙子。他先铺了一层沙子垫底，接着放上砖头，然后把柴架放了进去。

小暖炉这下看起来像样多了。

"我想到办法了！"他惊叹着倒退了两步，只顾着欣赏自己的杰作，结果不小心被锯子给绊了一跤。"再捣鼓捣鼓，阿莫鼠。我这就跑去拿点儿木柴来。"

"别着急呀，"我说，"对了，你等下上来的时候会经过食品储藏间吗？"

"怎么啦？"他问。

"在某些地方，本，"我说，"你真是十足智慧，但在另一些地方你又相当迟钝。创造的喜悦对你来说或许如同美酒佳肴，但是对我来说嘛，一小块儿奶酪……"

我话还没说完他就跑了，不过他拿着木柴回来的时候，还果真带着厚厚的一块上好的奶酪、一条黑面包和一大杯麦芽酒。

我们塞了些引火柴和木柴进壁炉，把它点燃了。壁炉燃得很好，本沾沾自喜、洋洋得意，我不得不强制他坐下来吃点东西。就算是这样，他也一刻不停地站起来坐下去,坐下去站起来,从各个角度把暖炉欣赏了个遍。

还没等我们吃完一个三明治,屋子里就暖和得如同夏日的午后了。

"阿莫鼠,"本说,"我们成功了!"

"谢谢你说的是我们,"我说,"我会记住的。"

3
交 易

我醒来时,房子里热得都快冒烟儿了。同往常一样,本正兴致勃勃地伏案疾书。我走上前去,看看他到底在写什么。纸上圈圈点点,还装饰了很多花体线条:

本杰明·富兰克林博士之最新发明——新式宾夕法尼亚暖炉说明书,包含构造说明及……

"本,"我说,"我们得谈谈。你还记得炉子弄成时你说了什么吗?"

"记得。"他毫不迟疑地说——本总是为人公正,他一贯如此,只不过有时对自己太过上心,"我记得,我说的是'阿莫鼠,我们成功了!'"

"正是!"我说,"'我们成功了!''我们'意味着两个人:你和我。我就直说了,本。声誉对我来说无足轻重,奶酪可就不同了。而且我还有一大家子要养活,我那二十五个兄弟姐妹还饥肠辘辘地住在寒冷的祈祷室里呢。我可以做你的好帮手,我已经证明给你看了。那你打算怎么表示呢?"

他看上去经历了好一番思索,我觉得指不定他要说出一句格言。果然,"'一分辛劳,一分收获'。"他说。

"我可不是辛劳的苦力,"我说,"我出的是脑力。再多的格言也填不饱肚子呀。不过你说的这一句倒是不错,挺特别的。"

接着,我们又讨论了一会儿,本对整件事都很理智,也很慷慨。我想,这一切大概是得益于房子有史以来头一次这么暖和。

我们最终达成了以下协议。

他承诺,无论阴晴,都要每周两次送到祈祷室:

两盎司上等品质奶酪片。

一英寸厚的新鲜黑面包。

八十八粒没脱壳的小麦。

至于我呢,我和子孙后代可以衣食无虞,永久定居于这里而不被驱逐,"这里"特指：

一顶毛皮帽子。

而我的义务包括：忠心耿耿地为本杰明·富兰克林奉献和工作，无条件地为他提供建议、支持和帮助，不论何时何地，对他不离不弃，直到死亡把我们分开。噢我的天哪……

本一行一行工整清晰地写下这些条款，又是拉丁短语，又是签章什么的，还有很多花体装饰。然后我们签了字，对这笔交易握手相庆。

他这次倒是表现不错，一句格言也没用。而且，他也遵守了诺言。在他后来的人生中，面包、奶酪和小麦没有一次不是按时被送到小祈祷室去。一周两次，准如时钟。

之后我和本围坐一块儿，取了会儿暖。我忍不住想，短短二十四小时之内，我的命运发生了怎样翻天覆地的改变啊。此刻，我寻得了一个温暖舒适之所，而家人也将丰衣足食。这一切都拜这位好友所赐，未来是如此有趣。

我正陶醉在安宁的世界之中，本突然开口问道："阿莫鼠，那我们管这个叫什么好呢？"我说："朋友，功劳都算你的。我们就把它命名为富兰克林炉吧！"

然后我们就去睡觉了。

我很快就在新家里安顿了下来。本真是一个针线好手，三下两下就把毛

皮帽子好好改造了一番。

帽子里有了一个小隔间，用于储备应急食物，当然了，也能作小憩之用。正前方呢，有一个窥视孔，我可以透过它看到我们要去哪儿。这个小孔十分有用，因为在那会儿，费城的街道总是坑坑洼洼、拥挤不堪。在这方面本的脑袋瓜可就没别的时候灵光了，我得不停地提醒他，以免他跌进泥坑或者撞上市场里的运货马车。

而最最重要的一项改进，则是我们在帽子的衬里上开了一个小洞，刚巧就开在他的左耳朵上方。这样一来，我就可以把我的观察和建议悄声告诉他，完全不会被人发现。

历史学家们被一件事困扰已久,那就是本似乎总能知道别人心里在想些什么。他哪知道啊?不过是我察言观色再对他细细道来,让他看起来似乎能知晓别人的心思罢了。这一切还不是因为有我!

很快,本就对我的建议十分依赖了,如果没有我陪着,他甚至都不大出门。那顶毛皮帽子呢,过去他只是在很冷的时候才戴,现在则是不管室内室外,总戴在头上——除非只有我俩在房间里,他才摘下来。

这自然引起了不小的关注。但本就是喜欢戴着它不脱。

○ 4 ○
游泳

我们的日子过得很顺遂。但是,这一切都被本非要坚持的一项习惯打破了,而我认为他的这个习惯十分危险、不卫生,并且粗俗。没错,我说的是游泳。

炎夏来临,我们常常在乡间远足。对我来说,这是种享受。有一天,炎热异常。我们按照计划,来到斯古吉尔河岸边的一个偏僻处。毫无征兆地,本脱了个精光，换上了一条傻不愣登的，被他称作"泳裤"的短裤，一个猛子扎进了河里。

要不是我惊声尖叫，又在他耳朵上来了那么一下，他怕是要连人带帽子一起潜到河里去呢。

本用一种滑稽的方式在水里自娱自乐着，一面狗刨式，一面喷着鼻子。待在帽子里的我呢，被他扔在岸上的一堆衣服之中。假如碰巧有什么猫啊狗啊，鹰啊蛇啊的打这儿经过，我简直就是自动送上来的美餐。

那晚回家的路上，我对他这种可笑的习惯及其可能为我带来的危险好说歹说了一通。

"再说了，"我说，"你的头发完全湿了，我少不了会得一场重感冒。"

本却压根听不进去，他对自己的泳技沾沾自喜，坚持认为把我扔在岸上没什么大不了。

确实没什么大不了。直到有一天下午，正当我看着本翻滚着他那如虎鲸一般笨重的身躯，又是往下潜，又是喷鼻子，又是拍水花……我一直担心的那件事发生了。

一条半大的野狗沿着河岸一路小跑了过来，一副想要干点恶作剧的样子，它们这些家伙向来如此。

我忙不迭地寻找本，此人却已潜入水下，只剩一双脚后跟儿还能看得见。幸好周遭有浓密的灌木和小树枝，所以我赶紧溜上了一棵小树苗。我找了一根结实的树枝坐了下来，舒舒服服地等着看接下来的好戏。

野狗发现了本，于是冲到河岸边一阵乱吠。本嘴里发出"嘘"声想要赶走野狗，一面使着他那狗刨式，疯狂地游向河岸。岸边的那堆衣服引起了野狗的注意。它闻了一通之后，选中了毛皮帽子，叼起来跑掉了。本呢，正滴滴答答、气喘吁吁、跌跌撞撞地爬上满是湿泥的河堤。

本发疯似的喊着"阿莫鼠！阿莫鼠"对野狗穷追不舍。

显然，野狗就是想要这么逗乐子，所以它引着本上蹿下跳地追了整整一刻钟。可怜的本软硬兼施，却都无济于事。要不是我当时还在气头上，一定会被他那滑稽的样子笑破肚皮。

终于，野狗厌倦了这场游戏，叼起帽子沿着河岸一路跑去，本则紧追不舍——一路披荆斩棘，完全不介意自己已经变得衣衫褴褛。

他们的身影刚刚消失在河湾处，就有两个乡下人出现了。看到衣服，又没找到衣服的主人，他们就兴奋了起来。而当他们发现刻有本的大名的银表时，简直激动得不能自已。

"是伟大的富兰克林博士！"他们叫了起来，"他淹死了！淹死了！"——然后抱上本的衣服，朝着费城一路飞奔而去。

我坐在树上，阳光和煦，四下静谧。远远的河那头，还能听见不时传来的狗吠声。终于，长长短短、高高低低的狗吠声终结在了一串可怕的咆哮声中。一切又都安静了下来。我睡着了。

我被一阵渐渐走近的脚步声惊醒了,我猜那是本。可谁能认得出来那个滑稽可笑的落汤鸡是大名鼎鼎的富兰克林博士?他的两腿裹满泥浆、伤痕累累,他的泳裤七零八落,他的眼镜不知所踪。他那湿漉漉的头发乱糟糟地卷曲着,扣在毛皮帽子底下。而那帽子呢,就像喝醉了似的歪戴在头上。

他就这么歪歪倒倒地走着,不断打着响指,哼哼唧唧,寻寻觅觅。"阿莫鼠,阿莫鼠!"他喊着,"阿莫鼠,你在哪儿?"他一路都在眯缝着眼睛盯着灌木丛看。看到本对我是如此在意,我也为之所动,但眼看他那副样子,我又忍不住咯咯笑了起来。

正当我打算让本松一口气时,突然从费城方向走来了一大队人马,吸引了我的注意。他们当中有州长,市长,还有其他许多显贵,自然还包括了本组建的第一志愿消防队[1]。

此刻的本看起来有些放浪形骸。但他也没别的地方可藏了,总不能再跳进水里去,他可是受够了。所以他抱起胳膊,尽可能显得威严,等着那队人马走近。他这么做的时候,正好背靠在了我藏身的小树上。我赶紧轻手轻脚地溜进了他的帽子里,神不知鬼不觉。

那队人马走到本的近旁,人人都松了口气,欢呼起来——自然也少不了一阵窃笑。人们把他围得水泄不通,纷纷与他握手,向他道贺。人们借了各种衣物给本,他穿戴了一番,很快又变得十分体面了。

可是本一点也高兴不起来。

---

1. 第一志愿消防队,原文为"First Volunteer Fire Brigade",是由本杰明·富兰克林于1736年创建的,全称为北美第一志愿消防队,这也成为费城警察队的雏形。

州长走上前来，递过他自己那顶缀着饰带、镶着金边的漂亮帽子。

"富兰克林博士，"他殷勤地说，"请务必给我这个荣幸，戴我这顶帽子吧。您的那顶似乎——呃——有点乱蓬蓬的。"

"休想！"本咆哮着说，"谁也不许动这顶帽子！"他伸出双手，把帽子牢牢地扣在头顶。

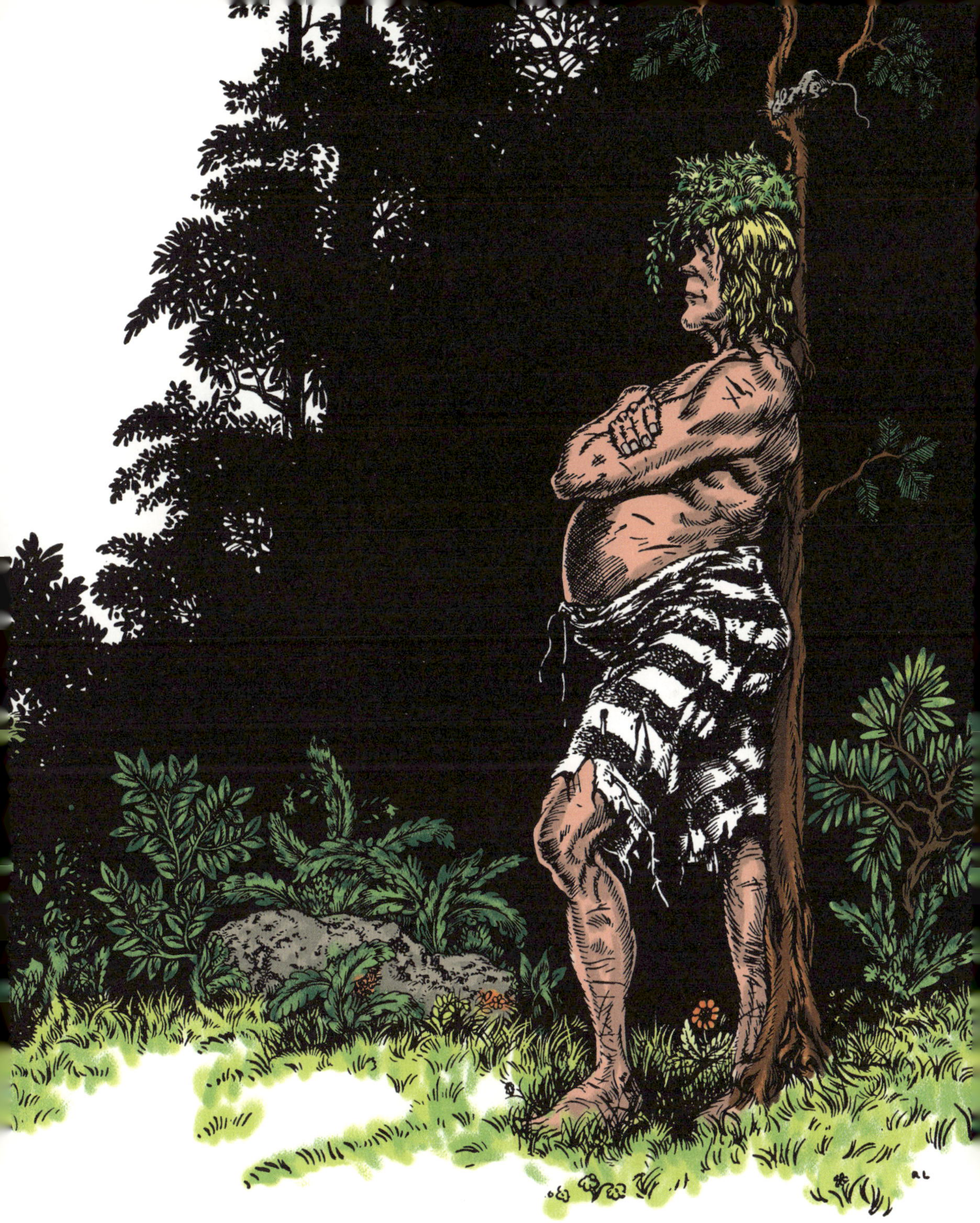
RL

我咬了一下他的拇指。

"阿莫鼠！"他开心地叫道。

"您说什么？"州长问。

"是的，是我。"我咬着牙对他耳语道，"赶紧回家，不然有你好看的。你的头发湿透了，这顶帽子还有一股子野狗味儿，我都快被熏死了！"

本一下子来了精神。在人们的簇拥下回家的时候，他甚至都有点得意忘形了，好像自己做了一件了不起的事似的——其实他可把全城的人都吓坏了。

5.
我们的印刷事业

本最大的爱好之一，当然是印书了。要我说，这无非是因为他写了太多的玩意儿，只得把它们都给印出来。然而，本对此则另有看法，他说印刷事业是他财富的支柱。"传播知识是人类的最高使命"，诸如此类的大道理可多着呢。

"就拿《穷理查年鉴》¹来说吧,"本总是这么说,"想想这本书给人们带来的无穷无尽的好处,想想那包含于其中的内容……"

"哦,就是那本告诉人们太阳何时升起、何时落下的书?那本'大作'对人们有什么好处?太阳升起来就升起来了,这还用翻书吗?"

"可是,"本说,"想想书中的格言吧——想想有多少人的人生因为书中的智慧而被铸就?"

"老琢磨这个,那我还有时间去想别的事吗?"我不屑地说,"无论早餐、午餐,还是晚餐,都得按照格言去做!难道它们真的能铸就你的人生?'早睡早起身体好,家财万贯又聪明。'呸!你什么时候早睡过早起过?除了失眠的时候吧。但你不一样健康又富有吗?"

"要是我按照格言说的做了,就应该更——智慧。"他有些不置可否地说。

"我可不信。"我说,"要想铸就人生,光靠格言是不够的。你得靠奇迹,就好比……对了,你还写过一条很臭的格言,'戴手套的猫逮不着耗子'。要是真的被猫给学到了可真是妙得很啊,我的朋友!"

1.《穷理查年鉴》原文为"Poor Richard's Almanack"。与18世纪的其他历书一样,这本书中包含了日历表、阴历图、节假日、集市日,还有家用食谱、天气预测、生活格言等等,与众不同的是富兰克林在书中空白处记录下了由自己创作的格言和插图。在当年,《穷理查年鉴》的畅销程度堪比《圣经》,这些浅显、朴实的人生智慧展现了美国人共同的价值观。

"对这句话我很抱歉——真的。"本说，"那是在你出现之前写的。我会在下一版当中删掉它的。"

"放着我来，"我说，"我会把所有的格言删得一干二净。"

"那可是个天大的错误。"他说，"每年都会卖掉成千上万的《穷理查年鉴》，对咱们来说可不是一点点利润呐。而利润呢，阿莫鼠，可以买到面包和悠闲时光——对了，还能买到奶酪。"

唔，言之成理。于是我们就此打住了。

我们总是在本的印刷车间里一待就是很久，尽管他已经算是退休了，但总还是喜欢摆弄那些印刷机，检阅校样，修正错误。那些漫长的午后，尽管很适合打盹儿，却也有些无所事事，于是我自顾自地玩起印刷机来。不过，我还是与印刷机保持着很长一段距离，因为遭遇过一次尾巴被卷进去的事故，可疼死我了。

就是在这样一个慵懒的下午，我发现了《穷理查年鉴》的待印版。首先映入我眼帘的便是"戴手套的猫"这条令人作呕的格言，一定是本忘记删除了。

于是我把它删除了。把印刷字母挑挑拣拣出来再扔到地板上去真是太好玩儿了，我忍不住又做了几处改动。

每条格言都写着"正如穷理查所言"或者"穷理查如是说"的字样。其实呢，这世上根本就没有穷理查其人。这是本捏造的一个家伙，而我也一直认为这是彻头彻尾的不诚实。所以凡是有"穷理查"出现的地方，我都替之以"阿莫鼠"。这并非出于什么虚荣心，而是源自诚实的考量——世上总有个真正的阿莫鼠呀。再说,这也是我唯一会拼写的名字。

  我度过了一个愉快的下午,还剩了不少时间去修正潮汐表上的错误。这张表看起来漏洞百出,月升月落的时间也错得离谱。

本在忙着其他的事，我也就没有告诉他关于我所做的这些改进。然而一星期之后，这件事还是以一种极富戏剧性的方式引起了本的注意。

一天傍晚的餐后休憩时间，我们被一阵急促的敲门声惊醒了。港长惊魂未定地冲了进来。

"快逃啊，富兰克林博士！没命地逃吧！"他大叫着。

"冷静点儿，我的朋友。"本说，"你知道，'欲速则不达'。说说看，遇上什么麻烦了？"

"麻烦？"港长语无伦次地说，"出大麻烦了啊！港口现在塞满了船——满满当当的。你知道这个——这个玩意儿，"他手里挥着一份《穷理查年鉴》，都快摔到本的脸上去了，"这上头说十点会涨潮，十八艘船都在十点准备扬帆起航，结果全都搁浅了！无一例外！怎么回事？因为十点的时候潮水还没涨起来呢！这就是原因！你知道那些船主们正在来找你算账的路上吗？你知道你关于月亮的预测……"

"别管什么月亮了，"本打断了他的话，一把抓过《穷理查年鉴》快速浏览了一遍。他紧皱着眉头，我能听到他在喃喃自语："正如阿莫鼠所言——阿莫鼠如是说——正如阿莫鼠所言——"

船主们的大叫声和重重的脚步声从门外传来。有人朝窗户扔起了烂菜叶。港长吓得连忙藏进了壁橱里，但本却突然微微一笑，打开了窗户，优雅地踱步到了阳台上。

"朋友们！"他说，"这实在是个天大的错误。"

人群中传来一阵哄笑和嘘声，更多的烂菜叶扔了过来。

"但是——"本继续说，"错不在穷查理，也不在我。你们看清楚了，我的朋友们！"本举起手里那份《穷理查年鉴》，"这可不是我出品的年鉴！

"在正版的《穷理查年鉴》当中，印有穷理查说过的各类格言、谚语、箴言、俗语、智慧点滴和林林总总的信息！

"诸位只要仔细看看这份粗制滥造的盗版，就会发现里面并无穷理查字样，而是阿莫鼠——这无疑是那个卑鄙、无知而又谬误百出的家伙的名字。

"啊，我的朋友们！这完全是那些眼红我的同行设下的不光彩的骗局，他们以为这样就能诋毁真正的《穷理查年鉴》！所以我说，一定要坚持正版，拒绝盗版。"

火把的光亮下，人们翻看、谈论着《穷理查年鉴》，我听见有一两个声音说道："嗯，他是对的。""老本杰明是不会错的。"

"而且，朋友们，"本又补充道，"根据真正的穷理查的推算——从来没人质疑过他的准确性——涨潮时间会在凌晨三点三十七分。所以我建议诸位立刻回到船上去，它们很快就会漂起来了。"

船主们闻讯急匆匆离开了。本把还在哆嗦个不停的港长送出了门。

本回来时一脸严肃。

"阿莫鼠！"他说，"阿莫鼠！我怀疑这件事里面有人在捣鬼！"

他也许发现了有人在捣鬼，但却没法往我身上推。因为我藏在最厚的纸堆下，足足两天不敢露面。

○ 6 ○
电

  自那之后本再没有提起过我在印刷事务上的冒险之举，因此我也尽力对他的那些格言报以宽容。

而比格言更令人头痛的，就是本最近沉迷其中不能自拔的一项爱好了——也即他称之为"电"的研究。

一切都是由几根玻璃管子和一本从伦敦友人处寄来的说明书籍起的头。他总是拿一块丝绸或者皮毛摩擦着那些管子，这会产生一些奇怪的效应——对我来说，可真谈不上舒服。要是一根管子被充分摩擦过，桌面上的纸张碎片就会纷纷弹起来，贴拢过去。如果谁会蠢到伸手去摸上一摸，就会有火花噼啪作响地出现在管子和手指之间。

本会去摩擦管子，再将之触到我的尾巴，他从这件事上获得了莫大的乐趣。有那么一下子，一种恐怖的战栗会传遍我的全身，令我毛发尽竖，吹胡瞪眼，而那肌肉的痉挛则会把我抛向几英寸高的空中。

这可实在太糟了！终于，当他有次近乎狂热地试图用毛皮帽子来摩擦管子时，我火了——我可还在帽子里呐！

"本！"我说，"太过分了！从今往后，你做实验时就发发慈悲饶过我吧。对我来说，这简直就是浪费光阴。但你要是高兴的话，行，继续捣鼓你的吧。只要别把我搭进去。"

"你恐怕有点鼠目寸光了，阿莫鼠。"他说，"你完全看不到这些实验背后那影响世界的、划时代的意义所在。你根本没有意识到那无形的力量……"

"哦，我根本没意识到吗？"我答道，"我的尾巴可还疼着呢！"

"我真想将闪电从天空中拽下来，"他继续自顾自地说，"以便人类驯服这股力量。"

"要我说，"我说，"闪电还是打哪儿来回哪儿待着比较好。"

不管我怎么说，本依旧兴致勃勃，没什么能扫了他的兴。

很快本又获得了一台精密仪器，它可以制造出的电流远远大过玻璃管子能产生的。这台机器靠一柄曲杆控制，本能专心致志地捣弄上好一阵儿。我们的房间沦为了拉杆、铁丝、管子、铜电板和玻璃罐的堆积之所，那玻璃罐还装有散发阵阵恶臭的液体。在房间里行动变得十分不便，因为难免会碰到那些令我毛骨悚然的玩意儿。

本还得寸进尺地组织了一群同样痴迷的人，成立了"哲学协会"[1]。他们每周碰面一次，人人手里都拿着根玻璃管子、一小段儿丝绸或者铁丝。他们

---

1. "哲学协会"原文为"Philosophical Society"，1743年由本杰明·富兰克林创建，全称为美国哲学协会（American Philosophical Society）。加入过哲学协会的知名成员包括玛丽·居里、托马斯·爱迪生、查尔斯·达尔文和阿尔伯特·爱因斯坦。

通宵达旦地捣弄那些玩意儿，有时则听上一宿关于神奇的"电"的长篇大论，大部分时候都是由本来发言的。我则一睡方休。

在用新机器实验了几周并确认其运转良好之后，本打算就他在这一领域的成就做一次公开展示。

为此，哲学协会还寻得了一个偌大的展厅。本一连忙了好几天，张罗和测试他的设备，准备各种实验，写作讲稿，约请重要人士出席。

老实说，我觉得整件事都无聊透顶。但本似乎因为我的态度而有些受伤，所以我也尝试着表现出一点兴趣。我通读了他的讲稿和关于各种实验的说明。到中午，我就对一切了然于胸了。

我们吃了顿简单的午饭，面包和奶酪什么的。我告诉本我做了点功课。他高兴极了，甚至因为我表示出的兴趣而感动不已。

下午，本出门去做鬈发，把我留在展厅里。于是我又开始研究了起来。因为这件事对本来说太重要了，为了确保演示的万无一失，我对照着本的图表和说明，把每条线路和每个零件都仔细检查了一遍。

我发现本显然犯了不少致命的错误，在我看来好些线路都乱搭乱接，错得离谱。我整个下午都在忙着修正这些错漏。忙完之后，多出来几条电线和电板，于是我就把它们随手放在了展示台上的座椅上。直到本从理发店回来，我才差不多忙完。

我们匆匆回家吃晚饭。本的身心都被自豪和兴奋充满了，我简直没有机会告诉他，公开展示差点因为他的粗心大意而毁于一旦。

当晚，我们重新回到金碧辉煌的展厅时，这里已经被挤得水泄不通。台上坐着本请来的上宾：州长和他的夫人、市长、几位牧师，还有第一志愿消防队队长——他手里拿着一把银色的小号。

本先发表了演讲，用玻璃管子演示了几个简单的实验。观众们看得津津有味，掌声也很热烈。

接着，他走到新设备跟前，向守在曲杆旁的印刷厂小学徒示意。那小子会意，转身卖力地摇动起手柄来。转轮发出轰隆隆的巨响，蓝色的电光也噼啪闪现。

"瞧啊，我的朋友们！"本自豪地说，"我只要扭开旋钮，你们就能见证我的推算是不是正确。这片大陆上还从未有人见证过如此强大的电的威力！"

的确如此。

本扭开了旋钮，州长一下子蹿到了半空中——就跟本之前用电火花碰我的尾巴时我的反应一样。他的头发都竖了起来，我被电得炸毛时也是这般模样。州长第二下蹿得更高，头发也竖得更直了。一股衣服烧糊了的味道弥漫开来。

州长第三次蹿起来的时候，电板也从椅子上飞落——很不幸，落到了州长夫人的腿上。她的尖叫声隔着假发传出来时被削弱了不少，但依然十分引人注意。

消防队长连忙冲上前去施以援手，他拿着的银制小号却不小心碰上了一根电线。说时迟那时快，一团少见的蓝色火焰包围了他，同时还发出叮叮当当的怪声。

本也冲过去想帮忙，但我掐了一把他的耳朵。我太清楚被电击是什么滋味了。

"那小子——"我小声说，"叫他住手！"

本俯身上前阻止小学徒，后者正起劲儿地转动着手柄呢。那小子显然并不买州长的账，极不情愿才停了手。

州长呆若木鸡、满脸苍白地坐回了椅子里；州长夫人则披头散发地小声呻吟着；消防队长两眼发直地瞪着他那失去了光泽的小号；观众们通通乱作一团。

"别担心，本！"回家的路上我安慰他道，"我们下次总会成功的！"

"成功？"本叫了起来，"我们已经成功了！阿莫鼠，难道你没意识到我刚刚做了本世纪最成功、最有意义的实验吗？我发现了强电流电击人体所产生的效果啊！"

"如果电击州长也算的话。"我说，"是的，我们的确很成功。"

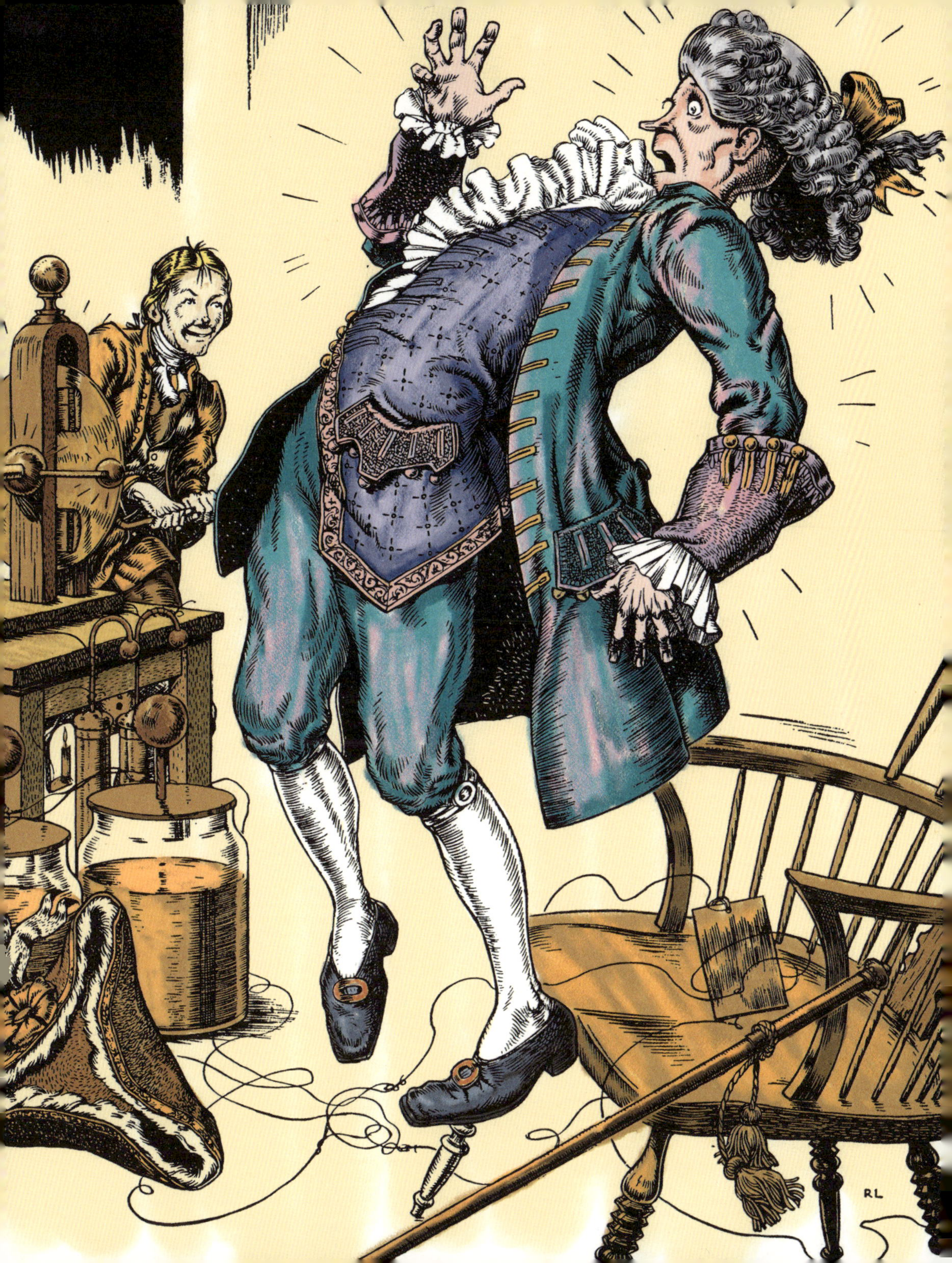
RL

·7·
避雷针

在电力展示一事之后,认识本的人都对他心存了几分疑虑。州长更是见

了他就绕着走。

可本却对这些视而不见，依然醉心于各种实验。我眼睁睁地看着他对闪电产生了非同一般的兴趣，深陷其中难以自拔。

一旦有房屋或者树木遭遇了雷击，本就会第一时间赶到现场，询问所有的当事人雷电的样子、气味和声音，了解他们的感受，等等。接着，他便又陷入漫长的沉思，嘴里喃喃自语着："我想知道，我想知道……"

"知道什么？"他的紧张情绪感染了我，我终于忍无可忍地问。

"我想知道，闪电和电到底是不是一回事。"

"对我来说，它们就是一回事。"我斩钉截铁地说，"它们都是烦人、吓人、危险的害人精，绝对不要和它们扯上一丁点儿关系。"

"你又来了，阿莫鼠。鼠目寸光，鼠目寸光啊……"

"好好好。"我说，"就算它们是一回事吧，就算你能证明这一点，又能怎么样？"

"要是那样的话，"他说，"我就能作为驯服了闪电的人而名垂青史啦！"

"如果你总惦记着要驯服闪电的话，"我说，"那就做你的千秋大梦去吧。而我呢，我会躲到地窖里去——就待在那儿不走啦。"

两天后的一个下午，头顶传来的一阵乒里乓啷声，将我从睡梦中吵醒了。一看，原来是本坐在屋顶上，正忙着拿锤子敲敲打打。他把家里全部的尖头铁丝都拿了出来，正忙着将它们固定在房顶的各处。每个烟囱上都绑上了两三根铁丝，沿着屋脊也固定了一组铁丝。这些铁丝最后都汇集到了一起，缠绕在线圈和长竿上，通过天窗收拢进我们的屋子里。

"你瞧，阿莫鼠。"本一边把线圈缠绕到各种器皿上，一边解释说，"大部分人的问题在于无法用训练有素的科学头脑进行冷静的观察。每一次我赶到雷击现场，这些目击者都无非告诉我他们'吓得屁滚尿流'。

"现在，通过屋顶上的这些长竿，我们就能收集到一定量的所谓'闪电'了！再通过那些铁丝把它们传导到罐子和其他器皿中，这样就可以真正冷静而科学地观察闪电的性质和特征了。我们一定能够彻底解决那个困扰了很多大科学家的难题——闪电是否带电！"

"这个难题从来没有困扰过我。"我说，"要我说，这种问题我连想都不会想。"

"再说了，"我继续说道，"你最好别再说'我们'。我老早就从这些实验里退出了。我的任何观察都会在地窖里完成。现在天色骤变，乌云密布，我看我还是趁早告退，到地窖去喽。"

暴风雨来得远比我想象的要快。正当我准备动身，一道恐怖的电光就劈了下来。接着传来一声炸雷，几欲将房子连根拔起。

我整个儿被掀进了一个大玻璃罐子里——幸亏是空的。简直是因祸得福，在罐子里我刚好可以观察到外面发生的一切，而不被那雷电交加的危险所伤。

第一次雷击时，本的罐子里的液体消失了，化作了一大团黄色的蒸汽，与之相连的器皿也都猛烈地颤动着。随着电光闪烁，蓝色的火花在铁丝间上蹿下跳；黄铜柴架因为磷的作用而通体透红；炉台上的蜡烛也火花飞溅。雷声阵阵，无止无休，敲打着屋子里所有没被固定住的东西。

我可半点都不怀疑闪电就是电——是的，闪电就是电最最恐怖、最最危险的样子，就是眼前这样。

然而，困惑中的我忽略了本。现在，我焦急地四顾，却看不到本的影子。

这时，从富兰克林壁炉里滚出来一团蓝色的大火球。火球一路噼啪作响地滚过地板，滚下楼梯，留下一地奇怪的硫磺味。接着传来一声骇人听闻的巨响，床上不禁有人吓出了声。

这时我才发现了本，或者说发现了他的双脚——他唯一没有被盖住的部分。本全身都罩在床单下，头也埋在两个枕头之间。

起初可把我担心得不轻，不过很快我就发现他其实只是吓坏了而已：随着每次巨响，他都会发出一声呻吟，双脚也夸张地哆哆嗦嗦一番。

于是我心安理得地待在玻璃罐里欣赏着本被吓得屁滚尿流的这一幕，直到暴风雨过去。

直到最后一声滚雷消失在天边，他才小心翼翼地掀开枕头，四下张望。模样滑稽至极。

"这下子，富兰克林博士，"当他很惭愧地从床上起身时，我不怀好意地笑道，"能否请您凭借一点点冷静的、科学的研究精神，把我从这个罐子里救出来呀？顺便打听下，您都观察到了闪电的哪些特性呢？"

"你知道吗，阿莫鼠，"他争辩说，"第一道闪电就把我的眼镜给击飞了，所以我什么都没看清。"

"所以你就找了两个枕头当眼镜？"我说。

他不再理我，开始收拾起了那些实验设备的残骸。

后来，一位科普作家把这些东西命名为"避雷针"，并且称本为发明者。本谢绝了这份美名。这显示出了惊人的谦逊，很多人都对此百思不得其解——除了我。我可是对这件事的来龙去脉知道得一清二楚。

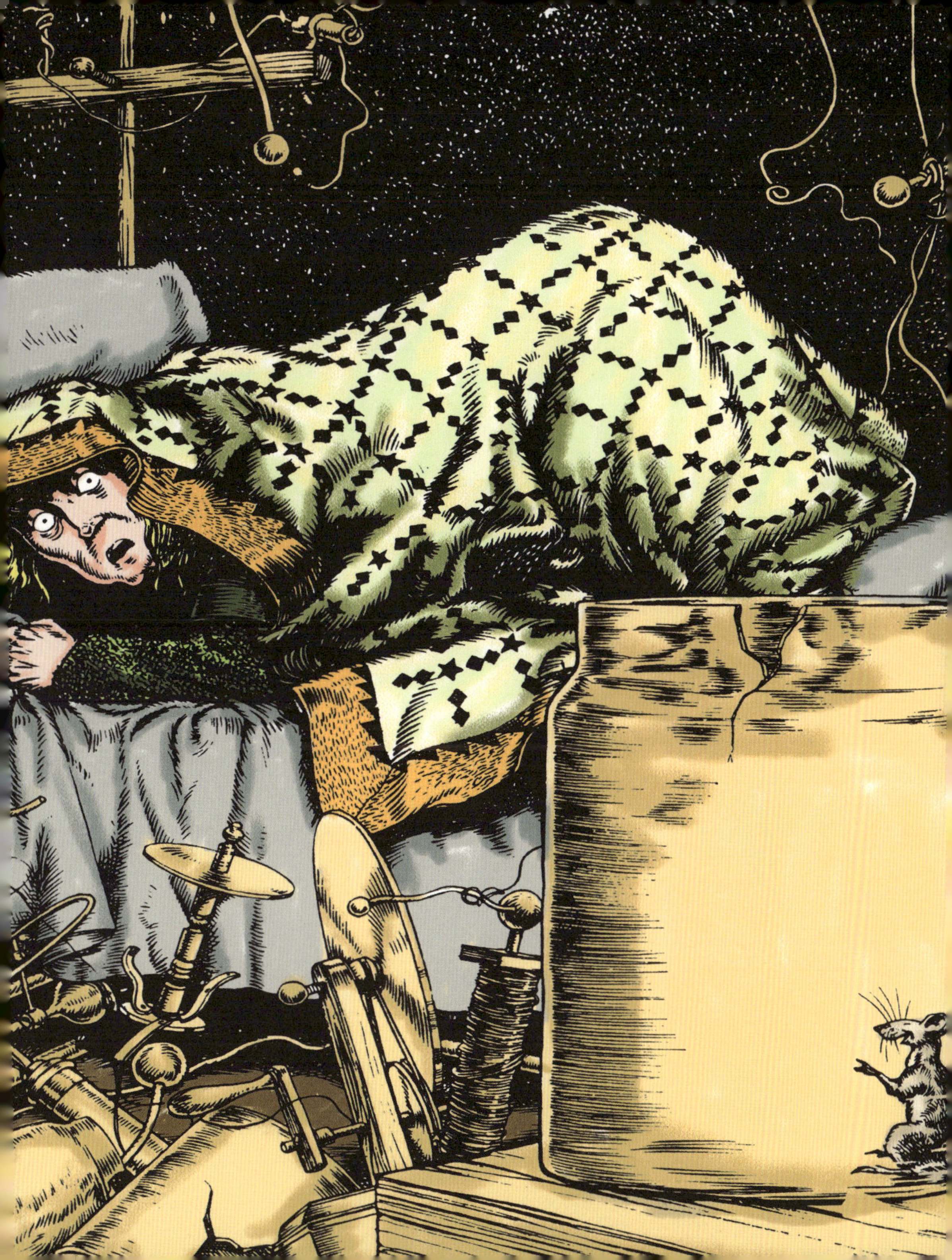

○ 8 ○
噩梦风筝

经历了避雷针实验的灾难之后，本消沉了好些日子，甚至也不再提起"电"的话题了。我满以为他已经放弃了这项危险的爱好，没想到——唉！我的愿望很快就破灭了。

闪电的性质这个问题一直萦绕在本的脑海里，以至于后来他居然自编自导了一场骗局。这也导致了我们俩漫长友谊中的第一次，也是唯一一次裂痕。

我只能当作是本对雷电的焦灼思考已经严重影响到了他的心智，否则我根本无法说服自己原谅他对我的背叛。

事情是这样的：

本最喜欢的放松方式之一就是放风筝。

本在他最大的一枚风筝上，为我做了一个小小的平台。平台用轻巧的碎木块搭建而成,牢牢地捆在风筝骨架十字相交的地方。平台四周做有结实的扶手,里面铺满了柔软的乳草,这样就算遇上什么危险或颠簸也不怕了。

驾着平台翱游的感觉真是棒极了!风筝轻盈地扶摇直上,和煦的阳光以及眼前徐徐展开的广阔图景,所有这一切构成了一种令人身心愉悦舒展的体验。

后来,我们又在风筝线上安装了一辆可以来回滑动的小车,那可就更带劲儿了!这样我就能轻轻松松从平台上跳进小车,驾着车顺着风筝线从高高的空中一路朝本俯冲而下,划出一道细长而优美的弧线之后,落到地面。

再后来,我们又给小车加装了一个小风帆,以便当风力足够强劲时,我可以驾着小车一路沿着风筝线上行,抵达远在高空的风筝那儿。因为可以自由来去,随意上下,我爱死这项有惊无险的运动啦!

然而阴谋还是在这一派欢乐祥和之中露出了马脚。田园诗般的美好日子

一去不返，至今想来，格外心碎。我要尽快将这些不快抛诸脑后，因为那几乎断送了我们的友谊。

本曾暗示我说，如果我愿意在暴风雨来临时待在天上，就能近距离地接触到乌云，从而轻松解决闪电的性质这个难题。

我对这项提议给予的答复是斩钉截铁的拒绝——毫无商量的余地！看我那么坚决，本也就不再提起这件事。我还以为他就此完全放弃了那个念头。

要怪就怪我实在是太轻信人类了啊！我怎能料想到这个雷电狂人竟然在他那癫狂的头脑里构想出了一个如此可怕的阴谋呢！

七月里，一个炎热的午后，我在高空中一番驰骋之后，随着风筝舒缓的摇摆，沐浴着和煦的阳光，感到了一丝丝倦意，很快就沉沉地睡了过去。突然，我被风筝的剧烈晃动给惊醒了。看到四周黑压压的乌云，我立刻意识到一场暴风雨即将来临。山雨欲来，大风呼啸，风筝剧烈地摇晃着。

我连忙想要跳进小车下去避险，却惊恐地发现它不见了！我猛拽风筝线给本打信号，却没有收到丝毫回应。我渐渐明白过来发生了什么，这一切都是本的诡计！我回想起他放飞风筝时那急匆匆的样子，当时他还一面喋喋不休地说着废话，原来就是为了掩饰这件事：他把小车偷偷拿走了！

不管我同不同意，他都决心将我留在高高的天空，在暴风雨中经历折磨！

我近乎抓狂了，千方百计地寻找下降的出路。但是狂风大作中，我唯一能做的就是牢牢抓紧那危如累卵的小平台。

接下来的半小时可谓是我一生中的噩梦。急坠的风筝，倾盆的大雨，一个接一个的闪电，一声接一声的雷鸣……我唯一能做的就是咬紧牙关，默默

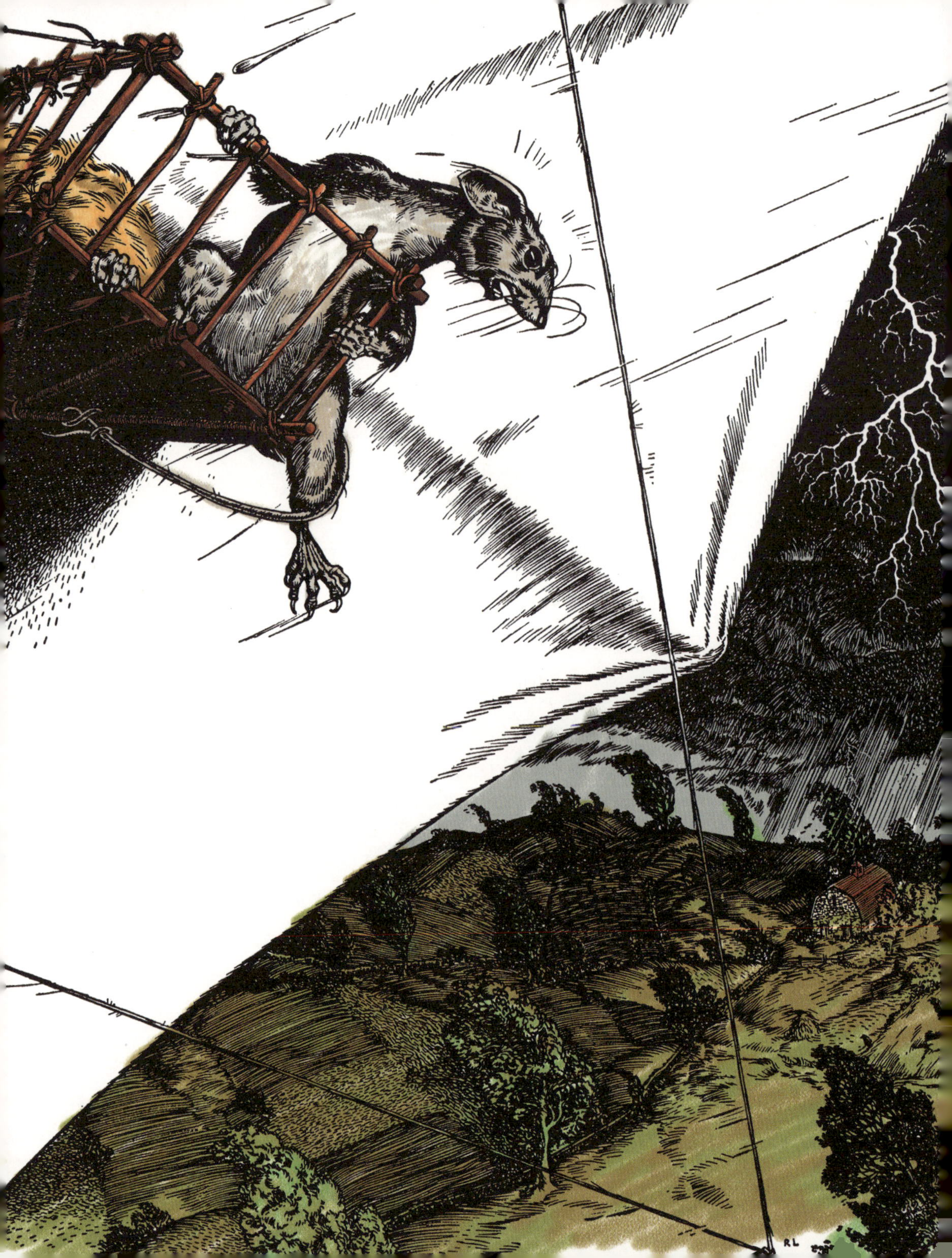
RL

祈祷。

电击的感觉一次次袭过我的全身，至此，我对闪电的性质确信无疑。闪电带着电荷——绝对是！

蓝色的火花在我的胡须间噼啪闪现，我浑身的毛完全炸开了。无休无止的电击持续着，我浑身的骨架也随之抽搐不已。

这噩梦般的折磨持续了数个小时，终于，暴风雨过去了。我觉察到风筝线的动静，风筝正在被收回。快到地面时，我瞥见本藏身在一间小棚子里，正焦急地等待着我的归来。

我还没落地，他就已经喊了起来："怎么样，阿莫鼠？那是不是电？是不是？"

我是不会给他回答，让他得偿所愿的，更何况我当时还气得说不出话来呢。风筝一落地我就跳了下来，一言不发地径直经过他身边。我对他的疑问和恳求毫不理睬，一路气鼓鼓地走回了城里，回到了教堂小祈祷室的家中。

家人们见了我不免惊讶，他们为我擦干身体，理顺毛发。我筋疲力尽地倒地不起，一睡就是整整两天。

从漫长的昏睡中醒来时，我的体力已经完全恢复了，只是脑子还不大灵光。我听出了本那熟悉而又低沉的声音。我看到本正坐在祈祷室里，而我的母亲则因为这位慷慨的大恩人的到访，正紧张地大献着殷勤。

我冷冷地招呼了本，本则一直小心地赔着不是。他带来了我们的协议，说我的擅自离开是违约了。

"不就是一张纸吗。"我对此不屑一顾,并且进一步指出在签订协议之时,他还没有对电如此狂热。正是因为本对电的狂热,才导致了我们一系列的分歧,让我痛不欲生。我就这样差不多控诉了整整一个小时。

"绝不可能!"我发誓道,"只要你还这样对电狂热,我就绝不可能与你恢复关系!"

本最后妥协了,答应再也不进行有关电的实验了。他把这一条写进了协议当中,我们签署了协议,握手言和。

看见我们和好如初,我的父母笑逐颜开地端来了些小点心。本的到访也终于令人愉快起来。孩子们被带到了本的跟前,本对他们非常和善,轻轻地拍着他们的脑袋,问他们平常都学些什么,玩些什么。幸好没有谁提到放风筝。

"阿莫鼠,"本长篇大论地对我说,"我心甘情愿地放弃了科学研究,

原因在此：你肯定知道，我们美国殖民地和宗主国英国之间，闹得挺紧张。我被选派为代表出使英国，向国王和国会阐明立场，以便让他们清楚我们所遭受的不公，避免叛乱的出现，更要防止战争。

"若是没有你同行，阿莫鼠，我寸步难行。我比往日更加需要你给予建议，尤其是你那堪称完美的收集信息的能力。证明你忠诚的大好时机到了！对祖国和神圣的自由事业的忠诚！你会随我同去吗，阿莫鼠？我明天凌晨启程。"

在这个庄严的时刻，我没有丝毫迟疑，一下子跳了起来。

"自由万岁！"我喊道，"我会随你同行，本！况且，英国的奶酪挺不错的。"

第二天一早，我已来到码头，等在阴冷的晨雾中。船只整装待发，一切准备就绪。这时，我发现一队原本住在船上的老鼠正提着大包小包的行李上岸。

"这可不是个好兆头。"我一面想着,一面上前询问他们弃船上岸的缘由。

其中一个留着灰胡子的老家伙,愁眉苦脸地指了指桅杆的顶端说:"都是因为那个。"

我顺着他手指的方向一望,心里便明白了大半。每根桅杆的顶上都绑着一根可恶的金属长竿。

"避雷针。"我自言自语道。

"那个怪人就是这么叫它们的。"灰胡子抱怨说,"他昨天在这儿忙活了一整天,就为了绑上这些玩意儿。还跟船长说什么,这些东西能保护船只躲过雷电。我可信不过这些新玩意儿。坚决不信。我得走了。"

这时本气喘吁吁地提着行李步下码头——照例迟到了。

"本,"我指了指桅杆的顶端,毫不留情地问,"那是什么?"

"那些啊……阿莫鼠……那些不过就是……噢,别在意了……行行好,赶紧登船吧。我等会儿再跟你解释。"

"你还是跟鲨鱼解释去吧。"我说完转身要走。

"可是阿莫鼠,"他抗议说,"我们可是有约在先。"这时水手们开始催促他赶紧上船。

"有约在先?"我回头冲他喊道,"说好了不再做实验了!再见,本,祝您一帆风顺!'自由万岁'——但让避雷针见鬼去吧!"

就这样,我回到了祈祷室的家中。本则独自踏上了旅程。

9
战争！

相较于和本在一起的冒险生活，祈祷室里的生活就平静得多了。而我觉得这种平静恰是自己所需要的，与家人一起共度的悠长时光是如此令人欢愉。

陋室之中的生活是平静的，可整个费城已经天翻地覆了。人们不知疲倦地在街上游行，武装起义的流言也散布开来。大家公开谈论着印花税和英国政府的种种暴行——我猜本出使英国的行动彻底失败了。

战争终于在马萨诸塞州的某处打响了。我渴望着能尽微薄之力去帮助抗争中的殖民地赢得战争。然而没有本，我似乎什么也做不了。听说本即将回国，我高兴坏了。

国难当头，我俩以前的分歧都被抛到了脑后。我们振作精神，投入到了保家卫国的工作中去。

据我所知，革命战争也就是一些委员会议而已。本参加了几十个这样的会议。他们不分昼夜地召集会议，我也为收集情报而忙得连轴转。这让我无比怀念起那些与避雷针和雷电实验相伴的艰苦岁月来。

在这些委员会议之中，最重要的一个是负责起草所谓《独立宣言》的。这个委员会中除我之外，还有五人——其中最重要的两位，是本和来自弗吉尼亚州的托马斯·杰斐逊先生[1]。杰斐逊先生纸上谈兵的本事很高，简直和本不相上下。要不是托了我和红毛鼠的福，我看他俩根本不可能取得任何实质进展。

红毛鼠是同杰斐逊先生一道，从弗吉尼亚州来的——就藏在他的马鞍里。和他的主人一样，红毛鼠一头红发，是个激进的革命者，并且相当能说会道。

还没站稳脚跟，红毛鼠便迫不及待地向小旅店马厩里的老鼠们鼓吹起了革命。很快他就组织这些老鼠进行了数次偷袭，搞得旅店老板和顾客的关系

---

1. "托马斯·杰斐逊先生"原文为"Mr. Thomas Jefferson"，美国政治家、思想家、哲学家、科学家、教育家，第三任美国总统。他是美国独立战争期间的主要领导人之一，1776年，独立起草了美国《独立宣言》，而本书的主角本杰明·富兰克林对草稿进行了至少48处修订。

十分紧张。

尽管他是那么激进，我还是喜欢上了这个酷爱煽风点火的家伙。我们一见如故，我还把他介绍给了我在费城社交圈的老鼠显贵们。尽管后者听闻了红毛鼠的激进理念之后十分震惊，但却很钦佩他的口才和领导才能。在红毛鼠位于马鞍下的家中，我们开了无数有趣的会议，讨论白天发生的事。

在其中的一次会议上，红毛鼠提出要起草一份"宣言"，将我们老鼠在人类主人手下所遭受的种种不平之事公之于众。

《宣言》是这么开始的："于人类事务发展进程中，当老鼠必须解除与人类主人的联系时……"[1] 后面跟着大段详尽的论证。

尽管与会者觉得我们的遭遇被说得有些添油加醋，但也都对红毛鼠措辞的铿锵有力留下了深刻印象。我亦被深深感染，禁不住拿回家与本分享。

此时，由于一直毫无进展，本的委员会议正好是休会时间。我一读起红毛鼠的《宣言》来，本便展现出了越来越浓厚的兴趣。快读完的时候，本欢呼起来。

"太妙了，阿莫鼠！实在是太妙了！"他大赞，"这篇宣言恰恰描述了我们现在的处境！'于人类事务发展进程中……'辞藻多么华丽啊！快把这

---

1. 此段原文为"When in the course of human events it becomes necessary for a mouse to dissolve the bands which have linked him to his master…"，与真正的美国《独立宣言》开篇只有几字之差，最大的不同就是文中的"a mouse"（老鼠）在《独立宣言》中实为"one people"（民族）。

份《宣言》再抄写一遍，好伙计！当然了，记得把'老鼠'的说法都换成'人类'啊！"

"你当我是人类呐！"我说，"你自己抄吧。我困了。"

本还真的抄了一份。第二天就带去给其他的委员们采用了。这帮人都为自己起草了如此绝妙的文件而兴高采烈。

对这种窃取劳动成果的行径，红毛鼠少不了勃然大怒，滔滔不绝地说了半天。然而我们其他老鼠都觉得这也没什么大不了的。

到了七月四日这一天，美国国会发表了《独立宣言》。费城举行了一场盛大的庆祝。鼓乐齐奏，男人都上街去鸣枪庆贺，小孩儿呢则放起了鞭炮——噼里啪啦的可真吓死人。

尽管我强烈抗议，本还是加入了庆祝的队伍，甚至比那些小孩儿还能闹腾，十根手指几乎都被炸得黑乎乎的。后来他还想拿炮仗来点我的尾巴，我终于忍无可忍，威胁他说我要告诉所有人到底是谁写了《独立宣言》。

他这下可消停了。

10.
法国美人

在这段斗志昂扬的日子里，我与殖民地所有的重要人物都有所接触。给我留下最深印象的，自然要数乔治·华盛顿将军[1]。

---

1. "乔治·华盛顿将军"原文为"General George Washington"，杰出的政治家、军事家、革命家，美国开国元勋兼首任总统。他在美国独立战争中任大陆军总司令，率领大陆军团赢得了美国独立。其后他主持了制宪会议，制定了沿用至今的美国宪法，被视为美国的国父。

不仅是因为他有着军人的魁梧身姿，更是因为他弗农山庄老家的麦子品质一流。你总能在他的长筒靴顶部或者口袋盖上找到一些谷物，有时还会有不少面包屑呢。所以我总是盼望着能见到他。

不过有一天，他来找本的时候神情沮丧，一副没精打采的样子。

"富兰克林博士，我们已经陷入了绝境。"他说，"我们勇敢的战士就快弹尽粮绝了，恐怕得寻求他国的帮助。但找谁求助呢？这似乎是个问题。西班牙应当是个选择。"

"法国有酥皮点心。"我悄声在本的耳边说。

"当然还有法国。"本说。

"那么俄国呢？"华盛顿建议道。

"法国有美酒。"我小声说。

"就法国吧。"本说。

"丹麦和瑞典也可以考虑。"华盛顿说。

"法国有美人！"我轻声说。

"法国！"本说，"毫无疑问，法国！"

"很好！"华盛顿将军说，"那就法国吧。富兰克林博士，您能否出使法国王宫去呈情？这是一项重任，成败在此一举！"

本站了起来。"我们去，将军，我们去。"他坚定地说。

"我们？"华盛顿问道。

"我是说……当然了……我去。"本重复道，"那我们……我是说我……什么时候动身？"

"这就动身。"华盛顿也站了起来,他的身姿是那样伟岸,"全副武装的'复仇号'已经整装待发。富兰克林博士,一个民族崛起的希望与梦想,还有我们的理想,我们的信念,都与你同在!"

"阿莫鼠也与你同在。"我补充说——不过华盛顿没听到这句话。

于是我们扬帆起航了。路上的遭遇不说也罢。我向来就不喜欢水,而大西洋的水也真算得上是恶浪滔天,我做梦都想象不到它会是这样可怕。我晕船了,晕得相当严重。更糟糕的是,本却什么事都没有。他可好得很呢,看着就来气。

本想出了一个驾驭风帆的新方法,他把这想法告诉了船长,说能大大增加我们的航行速度。他为此在甲板上忙活了好几天,我也因此难得清闲了一阵。可是事情戛然而止了。有一天,我忽然听到甲板上有人破口大骂,本急匆匆地回到了船舱,身后紧跟着船长的一连串咒骂声。

"他真鼠目寸光,阿莫鼠。"本沮丧极了,"鼠目寸光啊。"

"得了吧。"我说。

○ 11 ○
出使法国

　　航行终于结束了，尽管此时我已经晕得快要不省人事了。在巴黎市郊帕西镇的一座大房子里踏踏实实地安顿下来后，我才算缓过劲来。

不知道什么缘故，本看起来很受法国人欢迎。学者、科学家、作家们络绎不绝，几乎踏破门槛。他们奉本说的每一个字为琼脂甘露，张口闭口都是他的避雷针和风筝实验，仿佛那是世间少有的妙事一般。商店里摆满了本的画像，随处可见他的格言——当然，是法语版。在我看来，这些法语版的格言比英语版的还要不值一文。

至于那些法国女士对本的倾慕之情，简直是傻透了。她们一窝蜂地把本团团围住，就好像苍蝇围着蜜罐打转。她们都管他叫作"爱人"，要是本回绝了谁下午茶或者晚餐的邀请，她们还会哭得死去活来。我们的信件里充斥着女士们用词大胆的留言，每一封都香气扑鼻。

其中的一些仰慕者甚至还学起了本不修边幅的穿着打扮，另一些则仿制了本的毛皮帽子戴在自己头上。好些人甚至想要把我的家借给自己的帽子制造商去仿制。我断然谢绝了。

我们周旋于外交家、政治家和间谍之间，人人都想弄明白本到底来法国做什么，一瞅准机会就想使他功亏一篑。如此一来，我只好废寝忘食地盯着这帮家伙，告诉本他们心里都打着什么小算盘。

我渐渐熟悉了巴黎每一位大使的办公桌，偷看每个人的信件，偷听他们所有的谈话。

当然，凭借我所提供的情报，本并未让那些针对我们的阴谋得逞，于是又获得了个"天才外交家"的美名。

我案牍劳形，日渐消瘦，本却腰围渐宽——更别提他接下来还要接二连三地参加的那些宴会了。

不过，他在法国王宫还是办了些正事。国王和王后就跟他们的臣民们一样傻傻地倾慕着本，从他的格言到他那不走寻常路的穿着打扮。他们尤其欣赏本那顶到哪儿都戴着的毛皮帽子。本则巧舌如簧地大拍国王和王后马屁，并甜言蜜语许以承诺，终于为华盛顿将军和他那装备落后的军队借到了数百万法郎。一想到本为了自由与正义弄到了这么一大笔钱，我也就不再计较他本人是多么不可理喻了。但社交生活还是让我身心俱疲。

"本，"终于我说，"我在想你的一句格言，'向人借债，烦忧上门'。现在你已经成了当今最大的债务人，但忧从何来呢？你向法国国王借了几百万法郎，却依然是我见过的最逍遥自在的老赖。每个晚上都是无休无止的宴会，不是跟这个女士，就是跟那个伯爵夫人。"

"'傻瓜摆筵，智者就宴'。"本说。

"行吧。"我说，"行吧。我才不想跟你对格言呢。但晚宴的事情真的让我疲于应付，尤其是那位赫尔维媞丝夫人。她可是养了很多猫啊！"

"她的晚宴上总是有许多重要人物。"本反对道。

"她还有猫！"我说，"几十只猫！满屋子都是！还有那只汪汪乱叫的烦人精小狗！我在她家时总是一直处在崩溃边缘，本，我真的受不了了。再说了，万一我有了什么三长两短，你怎么办？我们的使命，我们的军队，我们的华盛顿将军——怎么办？"

本看上去是在认真考虑。"你说得很有道理，阿莫鼠。'凡事预则立'嘛。况且我跟你一样不喜欢那些猫，至于那条狗嘛——嗯，你是对的，阿莫鼠，这简直是自寻死路。从今往后，我们还是少见赫尔维媞丝夫人，也许我们应该多和布瑞伦夫人共同进餐。"

"这还差不多，"我说，"你总算讲了点儿道理。要是我们不得不老是参加宴请，无论如何应该选布瑞伦夫人。对你来说呢，有美人相伴；对我来说呢，房子里没有猫——对咱俩来说，美食也可口。"

所以我们从一周数次拜访赫尔维媞丝夫人和她的猫，改换为拜访布瑞伦夫人。这让我大大松了口气。一切都让我感到完美——除开美食和令人愉悦的就餐环境之外，还能在布瑞伦夫人家的晚宴上见到索菲亚！

索菲亚一身漂亮的白毛，来自凡尔赛王宫。她是一位地地道道的贵族，一位货真价实的淑女（当然此前我也没有见过真正的贵族和淑女……）。很快我便了解到索菲亚所遭遇的不幸。她住在布瑞伦夫人高高的假发发髻中，她的家布置得十分雅致，与之相比我那蓬门荜户简直不值一提。

在冗长沉闷的晚宴上，我们总是结伴相游，进进出出。因为受过良好的教育，她说得一口流利的英文，这样我们便能畅聊一番。我以前大部分时间都跟住在教堂和小旅馆里的老鼠混在一起，索菲亚的敏捷才思与优雅举止真是让我大开眼界。我很快就沦陷了，成为了她的一个忠实的仰慕者。

她正需要一个头脑敏捷、强壮得力的人施以援手，因为她是王宫里的白鼠们邪恶阴谋和残酷迫害的受害者。

索菲亚将自己所蒙受的冤屈向我娓娓道来，故事太长我就不细说了。简单来讲就是她的丈夫——法国最古老的老鼠贵族的世家子——因为一个邪恶的阴谋而被流放到了美国；而她自己呢，也被迫逃离了王宫，留下了七个被囚禁在凡尔赛王宫的子嗣。她可怜的丈夫此刻正在费城努力站稳脚跟，以期

有朝一日能在那片新世界里与家人再度相聚。

　　索菲亚被逐出王宫后便来到心地善良的布瑞伦夫人这里避难。在布瑞伦夫人那高耸的银色假发里，索菲亚为主人出谋划策，就像我对本一样。作为谋士和知己，索菲亚对主人来说举足轻重。由于布瑞伦夫人可以常常出入王宫，索菲亚便能时不时地打探到孩子们的消息。尽管无法见到他们，索菲亚已经打听到了孩子们就被关在王后宝座下方的一个小牢房里。她多么渴望解救出这些无辜的孩子，带着他们与在美国的丈夫团聚啊！但是这个任务看起来却又让人一筹莫展。

　　不仅仅是被索菲亚的美貌与无助打动，还有我那一颗支持着共和政体的心也在呐喊，誓要与王宫里骄奢淫逸的贵族们所制造的令人发指的冤假错案抗争。

"夫人！"我宣誓道，"不要绝望！尽管我出身卑微，却并非一介籍籍无名的鼠辈！我会尽我所能！我，阿莫鼠，在此庄严宣誓，将尽平生之力为夫人的冤屈平反，直到夫人带着幼子们与丈夫在美国费城这座美丽的城市幸福团聚！"

听了我的这席话，索菲亚那美丽的粉红色眼睛里噙满了泪水。

"噢，阿莫鼠先生，"她温柔地说，"要是您能说到做到，将给一个破碎的家庭带来怎样的幸福啊！"

"别担心，夫人，"我说，"对于一个自由与正义的信徒来说，这根本算不得什么。振作点——放心地交给阿莫鼠吧！"

◦ 12 ◦
计划

尽管在索菲亚面前我一副信誓旦旦的样子,但回头一想,我给自己揽下的这摊任务还真是难如登天。一只老鼠单挑整个法国宫廷——从王后的宝座下解救出被囚禁的七只小老鼠,然后再把他们和他们的母亲一起送到美国——这看起来远非我一鼠之力可以做到。

但时局已经倒向了我这一边。

我们突然接到了康华里爵士投降的好消息！华盛顿将军和我们英勇的军队胜利了！战争结束了！殖民地自由了！

当晚，我和本吃着奶酪，喝着麦芽酒，大肆庆祝了一番。老实说，我第二天感觉身体很不舒服，本则在接下来的一周里饱受了痛风的折磨。

在旅居法国的这段漫长日子里，我对法国人的做派并不感冒，与家人的分离又加重了我的思乡之情，如此种种，我恨不得立刻就打道回府。现在，华盛顿将军交付的使命已经完成，我便渴望着兑现对索菲亚的承诺。但是本却无半点归意。

他正享受着万人景仰的快感，忙于出席宴会，出入王宫，我甚至都没法让他静下来好好考虑一下回国的事。每次我一提起这个话题，他就会找出这样那样的理由推三阻四，往往还要加上一通格言。真是让人气不打一处来！

当法国国王和王后宣布要在七月四日专门为本举办一次盛大的宫廷舞会时，他的反应就更加神憎鬼厌了。他心痒难耐地换了一个又一个裁缝，就跟准备出嫁的少女一样激动得不能自已。我们家中来来往往的都是些发型师和制衣商，本甚至还找人为自己修了指甲。这简直太出格了！

对本的所作所为，我既忧又恼，这反而使得我茅塞顿开，很快便想出了一个可以一劳永逸的法子。我把本和他那不可理喻的行为抛诸脑后，全力以赴地投入到了我的计划之中。

我将帕西镇当地所有的乡下老鼠召集到一块儿，向他们讲述了索菲亚所蒙受的不白之冤和我的详细计划。他们一致表示了支持。这帮乡下汉实属愚昧胆小之徒，但长期的压迫和饥饿使得他们对凡尔赛王宫的贵族老爷们有一

070

种天然的恨意。

接下来我又拜访了几处大使馆。在此前的情报工作中，我在那些地方结交了不少朋友。

俄罗斯鼠是群狂野粗暴的家伙，他们斗劲十足，随时准备大干一场。他们一听到我的请求就狂热地响应了。接下来是瑞典鼠。他们是坚毅、稳重、强大的勇士，我对他们寄予了厚望，当他们经过一番冷静的考量，最终答应出手相助时，我简直高兴坏了。

我也争取到了一些意大利鼠和西班牙鼠的帮助，但鉴于这些家伙反复无常、难以捉摸的性格，对他们我不敢抱有太大的期望。我还是把宝押在了瑞典鼠和俄罗斯鼠的身上。

我是多么想念杰斐逊的红毛鼠啊！他那激动人心的演讲才能和鼓舞人心的领导天赋在这种情势下足以令我如虎添翼！

本在晚餐时宣布了一个让我喜出望外的消息：托马斯·杰斐逊先生将于当晚抵达巴黎。

红毛鼠一定会和他一同前来吧？

"杰斐逊先生是来出任美国驻法第一任外交大使的。"本无比失落地说，"而我呢，我想已经没有再在此处待下去的必要了。"

"这事儿我都跟你说了好几个月了。"我答道，"也许杰斐逊先生能让你看清这一点……"

"别担心，本，"看到他伤心难过的样子，我又说道，"想想七月四日的宫廷舞会！你会是全场的焦点，一定是的！"

他大受鼓舞，重新投身到了花里胡哨的穿衣打扮之中，让我得以继续着自己的计划。

果然，红毛鼠当晚就随着杰斐逊先生一块儿来了。他一如既往地脾气暴躁，桀骜不驯，立刻就表示要加入我的计划。我把王公贵族们怎么一手造就了索菲亚的冤屈的事儿同红毛鼠一五一十地说了个透彻，他听后怒不可遏。

"王公贵族！"他轻蔑地说，"暴君！专制！压迫……哪还有自由与正义可言，阿莫鼠！告诉我你的计划！我们何时动手？"

我们逐一讨论了计划的每个细节。红毛鼠肯定了我的想法，并且给出了一些不错的建议。

"就这样起事的话，我们还单薄了些，阿莫鼠。"他说，"据我所知凡尔赛王宫的白鼠们数量众多，成百上千。尽管这些纨绔子弟平日里娇生惯养，但其中也不乏水平高超的剑客。俄罗斯鼠和瑞典鼠尽管善战，但为数不多。帕西镇的乡下老鼠胆小怕事，不一定靠得住。这会子要是能找到一帮忠诚的北方佬[1]来帮忙就万事大吉了！"

我一下子计上心来。

"约翰·保罗·琼斯[2]！"我喊道，"他的舰队正驻扎在洛里昂港！他船上的美国老鼠是世界上最强悍的斗士！琼斯手下的一个上尉正在巴黎市内，今晚就回洛里昂港。我可以在他的三角帽里藏一封求助信！那帮兄弟不会让我们失望的！"

"太棒了，阿莫鼠！"红毛鼠说，"太棒了！我呢，还有一个打算。巴黎市区的贫民窟老鼠和下水道老鼠也是革命的成熟力量。那帮色厉内荏的王公贵族对他们横征暴敛，这帮泥腿子早已忍无可忍。他们就差一个领袖了！

---

1. "北方佬"原文为"Yankees"，有时也译作"扬基"，如果此词是从一些讲英国英语的人口中说出，可能具冒犯意味。但出自杰弗逊先生的红毛鼠嘴里，则是对自己家乡"美国北方佬"的一种熟络说法。

2. "约翰·保罗·琼斯"原文为"John Paul Jones"，他是一位与富兰克林同时代的苏格兰裔美国海军军官。琼斯的第一个任务是航行到法国，把萨拉托加战役胜利的消息带给美国驻法国大使——本杰明·富兰克林。然而令他失望的是，另一艘军舰在此之前已经将这一重要消息带到了法国。鉴于这段真实的历史，在故事中，消息灵通的阿莫鼠自然知道他的舰队正驻扎在法国港口。

我会去领导他们的。自由万岁！"

他浑身的红毛打了鸡血似的根根直竖。红毛鼠在黑夜中绝尘而去。我则抓紧时间给约翰·保罗·琼斯舰船上的美国老鼠们写信求援。

我还没写好信，本就回来了。一进屋本就在镜子跟前花枝招展地照来照去。

"真是一个美妙的夜晚，阿莫鼠，太美妙了！你真该跟我一块儿去的。迷人的宾客们——还有诙谐的谈话……"

"我猜仅仅是在富兰克林博士您心里如此吧。"我说。

"我那身新马甲大获好评。"他继续说道。

"别烦我，"我不耐烦地打断了他的话，"我可没时间听人夸夸其谈。我忙着呢。"

"忙？"他问，"你怎么啦，阿莫鼠，这可是难得的和平时期！是开创美好生活的时候了，战争结束了。"

"那是你的一厢情愿。"我说，"晚安——祝你做个噩梦。"

。13。
凡尔赛王宫之战

总算到了七月四日这天,而我也已准备就绪。快到中午时,红毛鼠来了。他那蓬乱的毛发和布满血丝的双眼,说明他经历了数个不眠之夜的辛劳。但他一如既往地亢奋着,干劲十足。

"一切都准备好啦，阿莫鼠！"他说，"下水道鼠群情激愤！个个都喊着要报仇雪恨，为革命和自由而战！我都有点控制不住这帮家伙的义愤填膺之情了！"

"务必带领好他们啊。"我说，"一着不慎，满盘皆输。记好了——你带着他们守住王宫大殿南边的第三个窗户。这是给你的王宫地图。晚上很热，所有的窗户都会打开的。口令是'冲啊！和他们拼了！'——在听到口令之前千万不要轻举妄动。我就指望你们了。"

红毛鼠神色庄重地看了一眼他手上拿着的作为武器的短棍。

"我曾在冯·施托伊本[1]手下熬过了福吉谷[2]的寒冬，"他说，"我知道什么叫作纪律。相信我吧，阿莫鼠。自由和正义万岁！"

---

1. "冯·施托伊本"原文为"Von Steuben"，这也是一位真实的历史人物。施托伊本是德国人，经华盛顿推荐，1778年2月5日他主持了在福吉谷驻军的冬训工作。在他的严格训练下，大陆军第一次显示出了训练有素、纪律严明的精神风貌。1967年，美国人把福吉谷改建为国家历史公园，在一座类似法国凯旋门风格的建筑上刻下了华盛顿及手下著名将领的名字，施托伊本的名字也在列。

2. "福吉谷"原文为"Valley Forge"，位于费城西北部的斯古吉尔河上。1777年冬，费城陷落，华盛顿率领残兵败将撤退到此地。在寒冷的严冬里，冻、饿、绝望几乎使他的军队陷入绝境，福吉谷简直成了华盛顿的"滑铁卢"。比拿破仑幸运的是，华盛顿拥有得力干将本杰明·富兰克林，后者成功地游说了法国国王路易十六，取得了法国的支持，给独立战争带来了转机。同时，华盛顿也利用这段时间重新训练了军队，过冬之后，又杀出谷来，重新和英军较量，最终赢得了独立战争的胜利。

红毛鼠说完就转身离去了。而我也送出了求援信——真是天助我也，刚好有这么一位海军上尉可以替我捎信。

　　下午我去拜访了索菲亚，做了最后的叮嘱。尽管激动得有些发抖，她还是保持住了真正的贵族那种优雅的仪态。

　　"俄罗斯鼠和瑞典鼠将听命于夫人，他们非常可靠。"我告诉她，"而我将带领帕西镇本地的乡下老鼠，这帮家伙需要一个铁汉来指挥。假发准备得怎么样了？"

　　"假发堪称完美，正合我们的意，阿莫鼠先生。"她说，"请移步过来瞧瞧。"

　　透过窗帘，我们可以瞧见三个发型师和两个女仆正围着布瑞伦夫人，替她打理假发，为晚上的舞会做准备。

　　在王宫里我曾见过无数精雕细琢的发型，但布瑞伦夫人的这顶假发远在它们之上。那洒上了发粉的鬈发从头顶高耸而起，足足有四英尺那么高，栩栩如生地展现了大海中的惊涛骇浪。在那层层波浪的顶端，装饰着一艘惟妙惟肖、全副武装的舰船，船桅上悬挂着一面美国国旗。沿着船首斜桁飘下几条细长缎带，红白蓝三色的缎面上写着"自由与正义"几个大字。船的正下方挂着本的彩色蜡像章，看起来有点傻里傻气的，粉色的爱神丘比特托举着它。

　　"完美！"我说，"那艘船装得下所有的瑞典鼠了！他们本来就是天生的航海能手，在船上可以行动自如。不过夫人得把俄罗斯鼠领到假发里面去藏起来，他们都是些粗人。"

　　"这会子就把繁文缛节都免了吧。"她平静地答道。

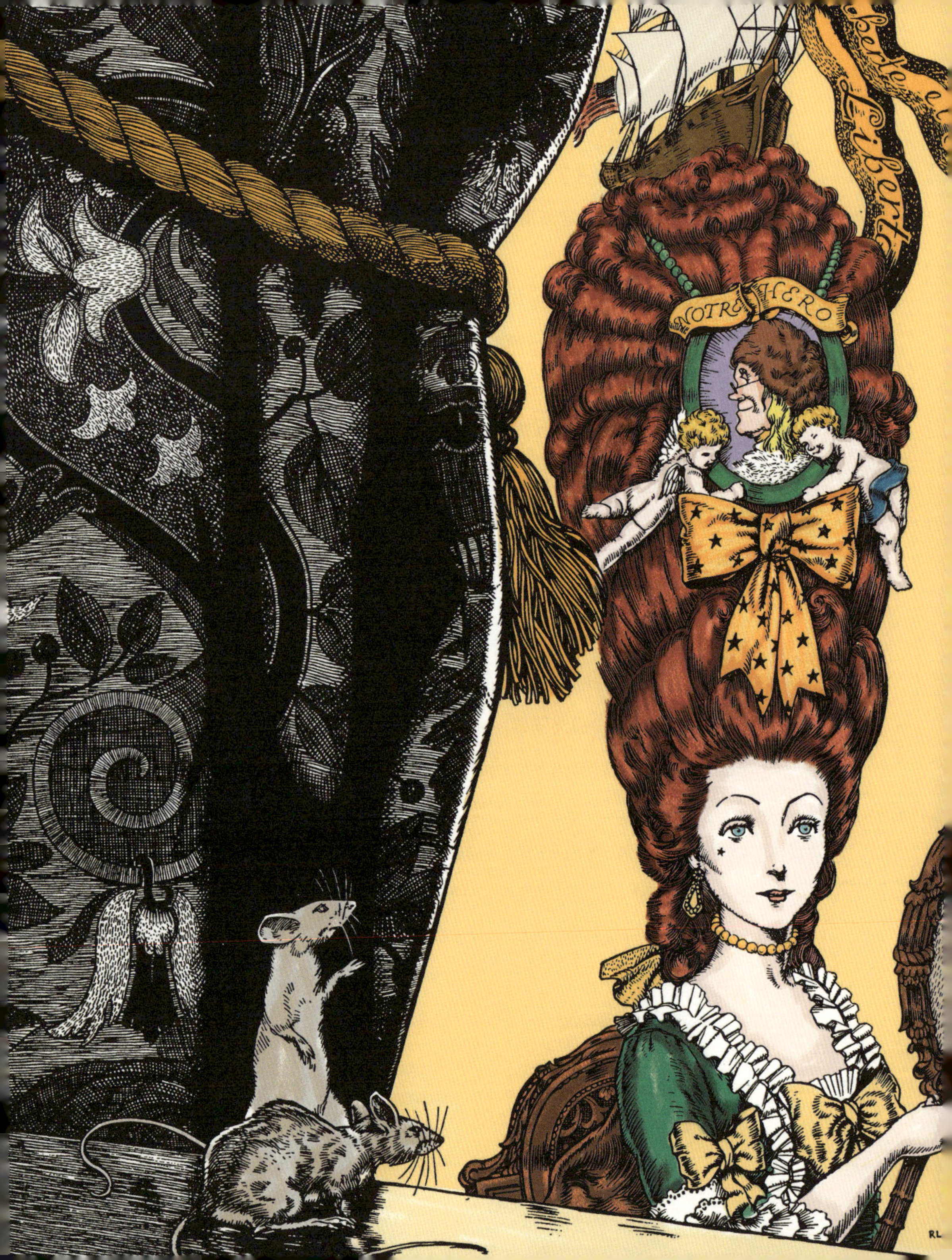
NOTRE HERO
Liberté
RL

"您真是女中豪杰，夫人！"我禁不住赞叹道，"现在鼓起勇气，把一切都交给我阿莫鼠吧！记得口令——'冲啊！和他们拼了！'在听到口令之前绝不可轻举妄动。别担心，一切都会好的！"

"上帝保佑您，先生。"她勇敢地说，"以自由和正义的名义！"

帕西镇当地的乡下老鼠当晚早早地就来了。这帮三教九流真是什么人都有，个个手里拿着镰刀、大棒之类简陋的武器。我已经尽力训练过他们，但并不敢抱以太大的期望。我只好一再向他们强调服从命令和保持安静的重要性。

当然了，由于换了一身新行头，本正沾沾自喜地兴奋个没完。这正中我的下怀——这样我就可以神不知鬼不觉地率领那帮杂牌军登陆到毛皮帽子里，并且隐藏好。说实话，就本这个兴奋劲儿，哪怕一窝马蜂飞进了他的帽子，他也不会有半点察觉的。

我们一共十二只老鼠爬进了他的帽子，我守住正前方的窥视孔。剩下的老鼠在我的安排下偷偷溜进了本的口袋里。一只聪明的小家伙抓着本的怀表表链，看起来就仿佛是某种护身符或者装饰品。

直到我们开始朝着宫廷舞会安全地进发，我才松了一口气。一切进展顺利！尽管约翰·保罗·琼斯舰船上的美国老鼠杳无音信，但我已经尽力了。即使没有他们，我们也要依计行事，全力以赴！

凡尔赛王宫一派歌舞升平的景象，处处张灯结彩，火树银花，管弦齐鸣。

舞会的大厅之中挤满了宾客，他们都是为庆祝美国独立战争胜利而来的——当然也是为了对本表达祝贺。

王宫的金碧辉煌、美轮美奂，宾客的锦罗玉衣、觥筹交错，让我带领的这帮乡下老鼠们好不激动，我竭力让他们别出声，生怕坏事。

在王宫大殿的入口处，我们稍作停留。人们为本让出一条道来，而我也趁机环顾了一下四周。人群中，我看到了布瑞伦夫人。她那高塔般的假发微微颤动着，我知道索菲亚的小分队已经在那里整装待命。王宫大殿南边的第三个窗户上，我一眼就看到了一小撮醒目的红毛，我明白红毛鼠和他的队伍也已经如约而至。

本当然是整场舞会的焦点。当我们慢慢走过长长的大厅时，所有的目光都落在了他身上。

终于，我们来到了国王和王后的豪华宝座跟前，我轻轻地推了一把乡下老鼠的头儿。"预备——"我轻声说。我能感觉到本在鞠躬致意时都兴奋得有些发抖了。

在那千钧一发之际，我凑到窥视孔前，使出浑身的力气大喊出了早已说好的那句口令："冲啊！和他们拼了！"

顿时，本的身上涌出了很多老鼠！

我的乡下老鼠小分队纷纷从本的衣服、帽子、马甲倾巢而出。他们在本的脚边列队集合，按照我事前训练的那样，朝着王后的宝座整装进发。

接下来的场面可真是混乱极了：王后和她的二十七位侍臣立刻就晕了过去；国王呢，吓得脸色惨白、浑身发抖，他从王座上站起身，朝着窗户逃去，却在那里遭逢了红毛鼠率领的贫民窟老鼠和下水道老鼠——他们正喊打喊杀，闹得起劲。国王也立刻晕了过去，被那些吓得四下逃散的宫廷贵妇们踩得不省人事。

王宫的守卫白鼠们尽管被这样的突袭搞得有点措手不及，但很快便集合了起来，击退了我手下那些自由散漫的杂牌军，扳回一城。幸而瑞典鼠和俄罗斯鼠此时也加入了战斗，他们在王后的脚踝附近和守卫白鼠们杀了个你死我活。只是可惜了红毛鼠对泥腿子们的一片信任！一看到隔壁房间里散落的美味点心，那些革命的墙头草就纷纷扔下武器，不顾一切地冲向美食。

带着愤怒和失望，红毛鼠咆哮着加入了战斗。他把棍子耍得虎虎生风，一头耀眼的红发总是出现在战斗最胶着激烈的地方。

帕西镇本地的乡下老鼠也一个接一个地当了逃兵，加入了消灭点心的大军。只剩英勇无畏的红毛鼠带领着瑞典鼠和俄罗斯鼠奋勇作战。但形势开始对他们不利。王宫走廊里又涌出了成群的白鼠，敌人的队伍越来越壮大。我们节节败退，离关着索菲亚幼子的小牢房越来越远。

在一片混乱的打斗声中，我忽然听到了清亮而缥缈的笛声。

是他们吗？是的！从炎夏的滚滚热浪中传来了尖利如锥的笛声。而且是《扬基小调》[1]的旋律！

---

1. "扬基小调"原文为"Yankee Doodle"，这首歌一直被当作美国非正式的第二国歌。"扬基"原本是对新英格兰土包子的轻蔑之词。早在美国独立战争之前，英军就曾唱《扬基小调》来嘲笑殖民地居民的勇气以及他们粗俗的衣着和举止。但在美国独立战争期间，北美大陆军却采用《扬基小调》作为他们自己的歌，改换了歌词，以表明他们对自己简朴家纺的衣着和毫不矫揉造作的举止感到自豪。华盛顿本人也很喜欢这首歌，经常和士兵们一起欢唱。

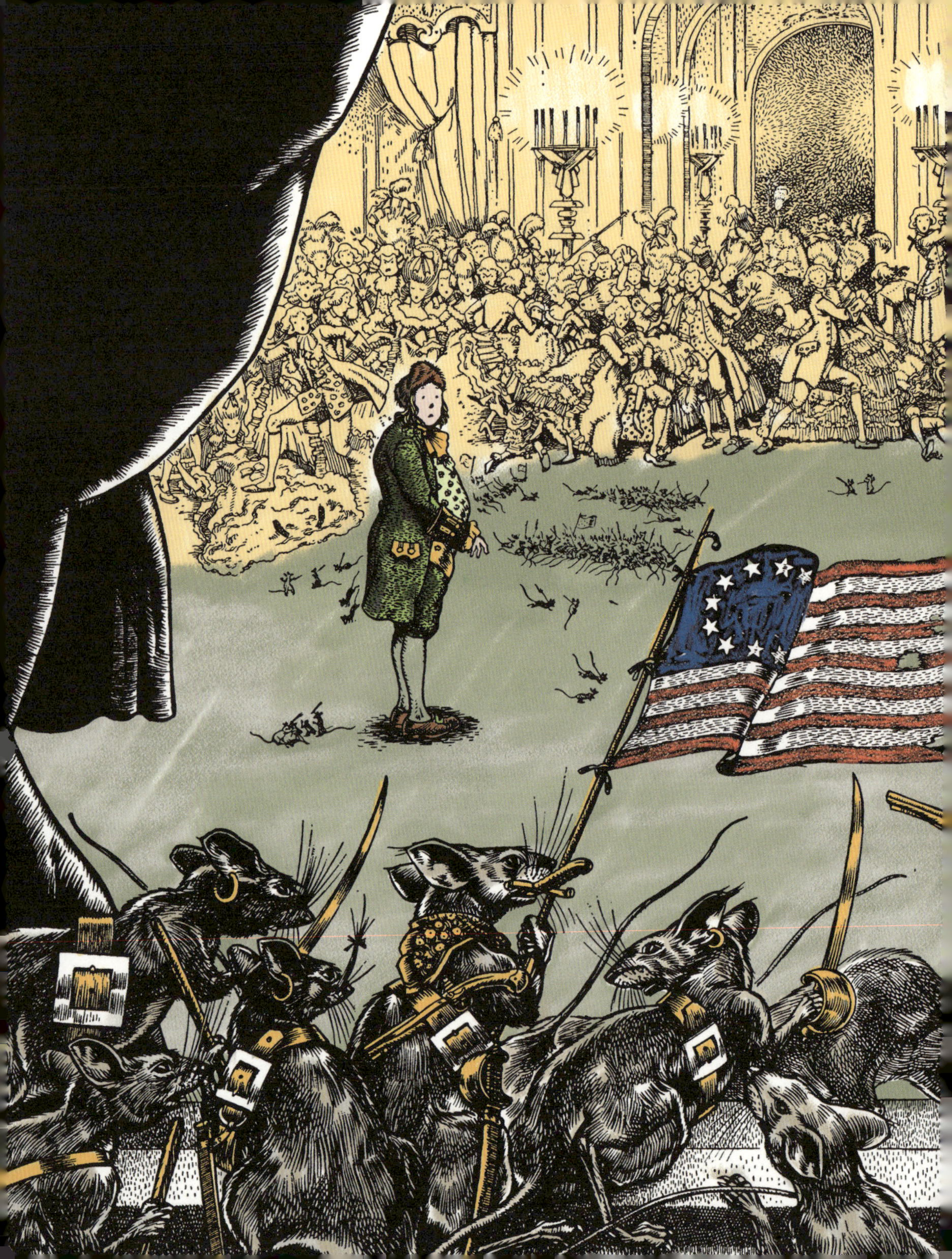

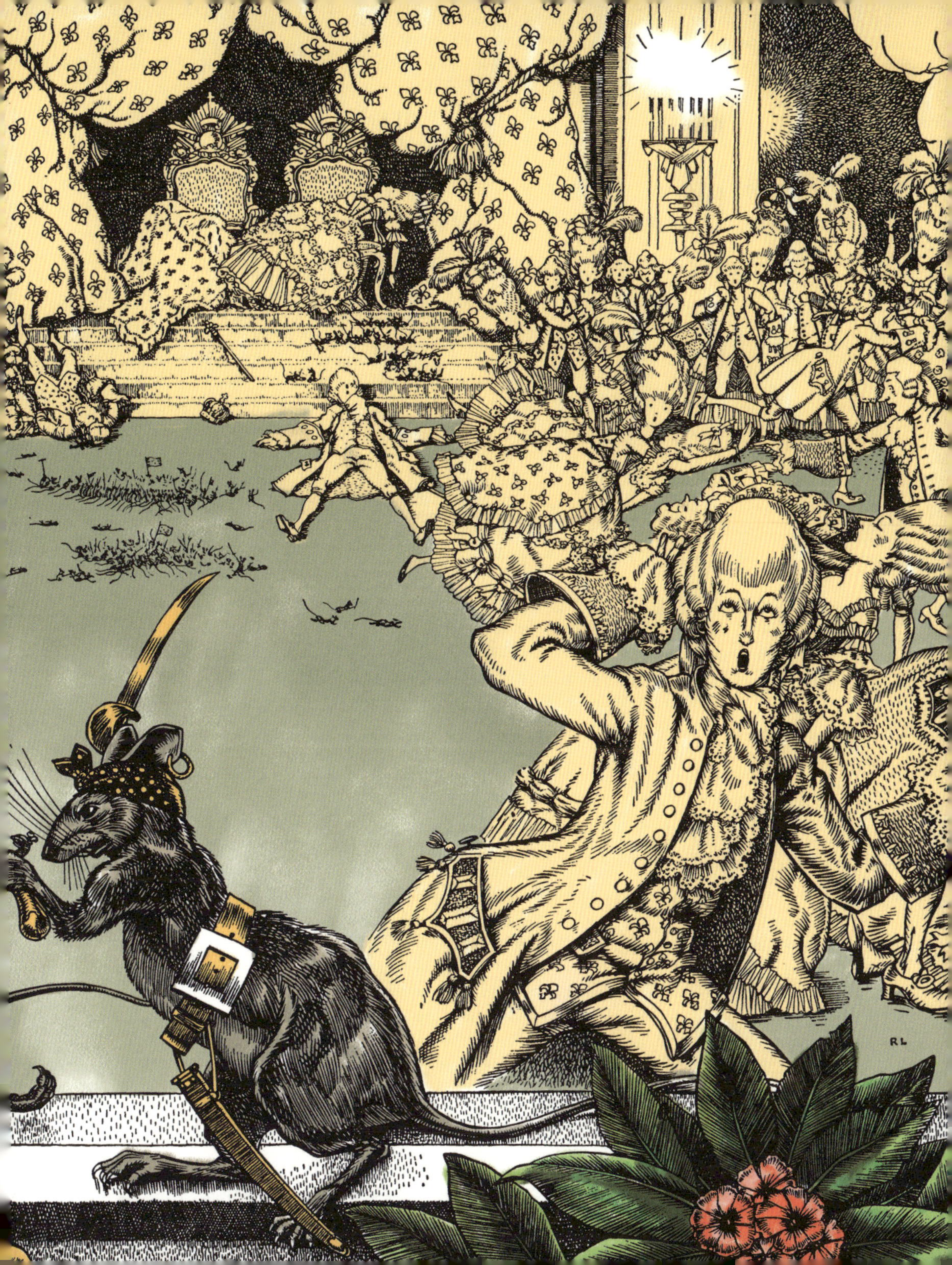

他们穿过窗户，成群结队地杀了进来——是约翰·保罗·琼斯舰船上的美国老鼠！足足有五十个之多，个个都是能征善战的好手！法国佬，瞧好吧！

只见一阵刀光剑影，白鼠守卫们便如飓风吹散雪花一般溃不成军了。小牢房很快就掌握在了我方手中，牢门被砸开，索菲亚的幼子们被领了出来。他们自由了！

一位上了年纪、头发斑白的水手长撩开额发对我说："约翰船长向您致敬！还有什么吩咐吗？"

红毛鼠凑上前来，他浑身挂彩，在酣战之后已经杀红了眼。

"吩咐？"他咆哮道，"吩咐？当然有，老天爷！"他指了指满是点心的房间："瞧瞧那帮乌合之众！简直是鼠中败类！把他们通通撵出去！"

"是！长官！"水手长说。又是一阵刀光剑影之后，逃兵们鬼哭狼嚎，抱头鼠窜。

"点心归你们了！"红毛鼠说，"享用战利品吧！"

接着他又转向我说："我已完成使命，阿莫鼠。"说完一头栽倒在门边。

出于对王后的礼节，布瑞伦女士也晕倒了。我们从她那狼藉的乱发之中救出了索菲亚。看到索菲亚与七个孩子团聚的这一幕，我打心眼里替他们高兴。

而可怜的本呢！他看上去一脸茫然，孤零零地站在空空如也的偌大舞池中。人们挤作一团，远远地避开他，仿佛他感染了瘟疫一样。国王也醒了过来，正和他的将军们商量着什么。那几位将军都满面怒容地瞪着本，我有点替他的安危担心。

在索菲亚的帮助下，我把奄奄一息的红毛鼠拖进了本的毛皮帽子里；接着，索菲亚和她兴高采烈的孩子们也爬了进来。

"本，"我建议道，"难道你不觉得我们现在该立刻回家去吗？你好像已经不再得宠了。"

我们从后门溜走了，在场的人们仍然对我们避之不及。经过点心室的时候，索菲亚和孩子们朝救命恩人快乐地挥手致谢，那群美国老鼠正热热闹闹地庆祝着胜利呢。那位头发斑白的水手长带领他们高声欢呼了三次，我们离开王宫时，他们还在大声高歌着："美国军舰万岁！美国船长万岁！"

"本，法国人总是反复无常。"我说，"一会儿拿你当英雄，一会儿又拿你当异类。我们什么时候起航回国呀？"

他看起来还处在茫然无绪、怅然若失之中。

"我不知道，阿莫鼠。"他六神无主地说，"你说什么时候回就什么时候回吧。"

14

回家

对我而言，回家的旅程因为有了高贵典雅的索菲亚和她可爱的孩子们相伴而愉悦倍增。

本呢，却一直愁眉不展。在凡尔赛王宫之战的第二天，他又上那儿去了一趟，结果备受冷落。卫兵着实无礼，还给本扣了一顶"身上窜出老鼠的家伙"的帽子。那些过去仰慕着本的女士和伯爵夫人们也与他断绝了往来。

"但是，本，"我说，"难道你没意识到，我们的祖国正等着迎接你这位大英雄凯旋？"

"你真这样想吗，阿莫鼠？"他面露喜色地问道，"我……我们……会被当作英雄吗？"

"那是当然。"我说，"难道不是我们为独立战争筹得了巨款吗？说不定，华盛顿将军本人也会亲自在码头上迎接我们呢！没准还有鼓乐齐鸣、列队欢迎的场面！"

"你说得没错，阿莫鼠！"本一面说着，一面又重新快活了起来，"你觉得他们会大放烟火吗？"

我们的欢迎会十分盛大，甚至超出了本的预料。礼炮齐鸣，国会代表团亲自到场，华盛顿将军也发来了贺词。市长、议员、第一志愿消防队都来了——还穿上了他们最好的制服。人们用彩车、演说、鼓乐和游行来迎接我们的凯旋。

本理所当然地上了领头的那辆马车，得意洋洋，喜形于色。他照例戴着那顶旧皮帽，这帽子真是有些年头了，千疮百孔的。我和索菲亚，还有七只小老鼠能从这些破洞中完完全全地看到外面的情形。孩子们自然是激动不已，乐队、人群，一个新的世界正在他们眼前徐徐展开。索菲亚保持着她平日的高贵，但一想到即将与丈夫团聚，她那粉红色的双眸就闪现出欢喜的神采。

索菲亚的丈夫在本的房子里等着我们的到来。第一眼看到他我就清楚，他是一位称职的丈夫、合格的父亲，他配得上这个魅力十足的家庭。

我留下他们一家去享受久别重逢的喜悦，接着又陪本出席了市议会为庆祝他的凯旋而举行的一场盛大宴会。

听着冗长的发言，我躺在帽子里，回忆着这些年来发生的一件件往事。我已经完成了华盛顿将军交付的使命，亦在刚刚取得的胜利中做出了不小的贡献：殖民地自由了！我也兑现了对索菲亚许下的诺言，救出了她的幼子，使得他们一家团圆。本现在也足够老练，不会再惹什么大麻烦了——万事已矣，尘埃落定。"终于，"我想，"我可以歇歇了。我们该享享清福，安度余生了。"

"我恐怕是上了年纪了。"我昏昏欲睡地想着，而本正在侃侃而谈，吹嘘着他在法国的光荣事迹，"我竟然能忍受这样漫长的宴会……"

接着，我睡着了。

我确实是老了。我们都老了。我越来越喜欢静静地待在屋子里，与索菲亚的孩子们为伴。他们的父亲已经在新世界里站稳了脚跟，在离本的家不远的一处房子里置办了一个舒适的居所。这一家子过得其乐融融。

对他们从法国带来的许多宫廷习俗，特别是对通宵达旦地开舞会的热爱，费城本地的老古板们颇有微词，但年轻的老鼠们却备受他们那种快乐与活力的感染，于是年龄大一点儿的老鼠们也很快折服于索菲亚夫妇的智慧和魅力了。没过多久，他们一家就成了费城鼠界最知名的人物。

我的弟弟妹妹们也已闯出了一片天地。成年的大多已经结婚，担起了养家糊口的重任。好几户住在离我不远的一个家境殷实的商人的房子里。他们平淡的生活因为索菲亚一家的到来而充满了喜悦和光彩。在索菲亚一家的社交聚会中，他们成了常客。

最小的三个弟妹鼠诺芬、伊鼠贝儿和泽纳鼠，正好和索菲亚家中三个大孩子的年龄相当。他们完全被新来者的魅力深深吸引了，总是与三只白鼠形影不离。当这三对新人一同步入婚礼殿堂，六颗年轻的心从此结为三个幸福的家庭时，那可真算得上是我这辈子最最幸福的时刻！

。15。
生日快乐！

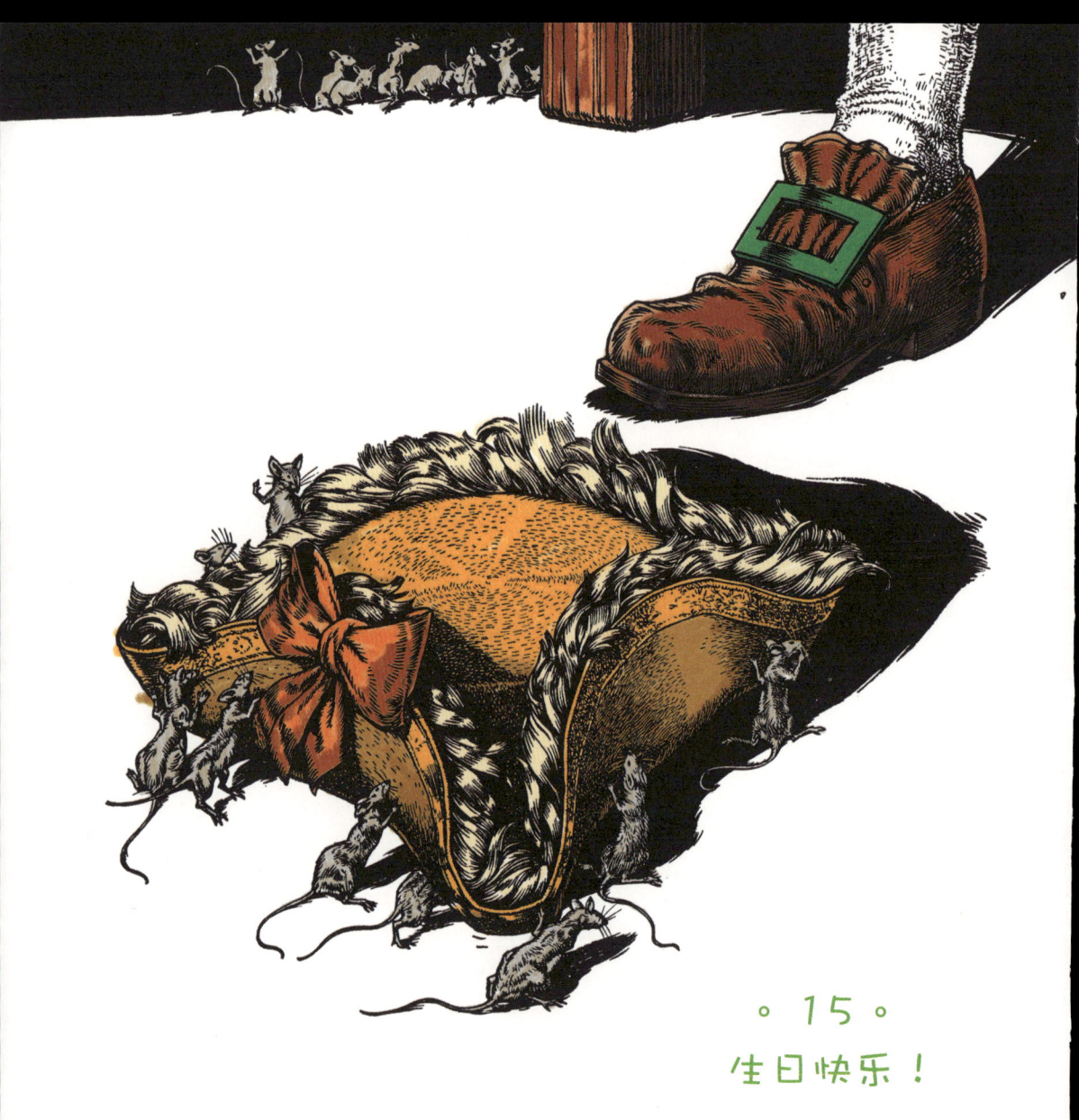

我宁可待在家里，被那些可爱的小家伙们包围着，也不愿意陪本去参加他那数不清的宴会和委员会议。这也不足为怪，战争已经结束了，这些场面

事变得沉闷无聊、无足轻重，本也不再需要我的建议了。我总是在这些场合睡着，我猜本也是如此。

只是，我尽力不去提起我的退隐之心，怕伤害到本的感情。本八十一岁的生日即将来临，这给了我一个解决难题的契机。

我注意到他为自己的旧皮帽感到有点儿难为情，那顶毛皮帽子实在是太破陋了。在他生日的前几天，我跑遍了整个费城，终于买到了一顶质量上乘的海狸皮帽子。那顶帽子着实很棒，浅灰色，式样是最时髦的法国款式，而且大小正合适。这帽子花了我不少钱，事实上我不得不向三个兄弟：克耗德、丹尼耗和伊福鼠开口借钱，他们很爽快地就借给我了。

关于本的生日计划，我把想法告诉了我的家人和索菲亚一家。他们都对能有机会报答一个曾经给予过我们莫大帮助的人感到无比欢欣，以最大的热情投入到了筹备工作当中。

在本的生日之夜，我们聚到了他书房里的书籍后头。来的人可真不少。我所有的弟弟妹妹都来了——从芭丝鼠芭到泽纳鼠——大家带着丈夫、妻子和孩子悉数到场。索菲亚也来了，带着她的丈夫和孩子。我的父母也赶来了，他们年事已高、须发皆白，但身体还算硬朗。大家都兴奋不已，每一个人都带来了为本准备的礼物。

午夜的钟声即将敲响，本终于满意地搁了笔。我们蜂拥而出，小老鼠们奶声奶气地齐声高唱起了《祝你生日快乐》！

本被吓了一跳，接着就转惊为喜，在大家热烈情绪的感染下他也快活得不得了。

首先呈上的是大家的礼物。

我老妈准备的是一只漂亮的针织防寒耳套。她解释说时间有限，只来得及织好一只，在寒冬到来之前她会织好另一只。我老爹献上的则是一个怀表上的小饰品，完全是用一枚黑色的胡桃壳精心啃出来的。索菲亚准备的礼物是一件精美的刺绣，而她的丈夫则带来了些非常珍贵的白兰地——从法国逃亡时带来的。本说了一段热情洋溢的祝酒词之后痛快地将白兰地一饮而尽。

正当其他老鼠向本献礼道贺之际，我和十二三个最强壮有力的兄弟偷偷遛了出来。

在最小最小的孙儿辈老鼠讲完她的祝酒词并屈膝致敬之后，我们抬着那顶新帽子，三步一摇地进屋来了。

本简直喜不自禁！无论过去周游世界时曾从海外的大人物手中接过怎样的大礼和荣耀，都无法和这顶帽子相比。在本看来，这顶帽子是世间最棒的！

他在镜子前戴上帽子试了一下，大小正合适。这帽子在他头上看起来真不错。后半夜他就一直戴着帽子不肯摘下来，并且非常享受小老鼠们在帽檐上追逐嬉戏的样子。

年长的老鼠们吃着饼干、奶酪，喝着麦芽酒，而年轻的老鼠们则一个劲儿地啃着糖粒。大家唱啊跳啊。索菲亚在欢乐的人群中翩翩起舞，眼中闪烁着光彩。连我也忍不住跳了两下子，还相当不赖呢。我弟弟丹尼耗（Daniel）的长女擅长吟诗，便背诵了几首诗歌助兴。

索菲亚和她丈夫的二重唱把整个狂欢推向了高潮。这首歌是索菲亚专程为了今天这个日子，以本的一首诗谱曲而成的。本大为感动，让他们唱了一遍又一遍。我也听得十分欢喜。

曲终人散之后，我看出本有些担心。

"阿莫鼠，"他终于开口道，"这顶帽子……这顶华美的帽子……似乎没有你住的地方啊。没了你我可怎么办？"

"本，"我轻拍着他的肩头说，"你知道我现在的责任，年轻人们正渴望着我的指引和帮助。如果你真的需要我时，我就在那顶老旧的毛皮帽子里，而那帽子就挂在你的床头。但是，你今天都已经八十一岁了，本。我想你已经经历了足够的世事，往后你应该能靠自己了。"

"阿莫鼠，你说得总有道理。"他说，"明天我就出门去转转，让费城的人们见识见识一顶真正的帽子是什么样！"

"很好！"我说——我在旧皮帽里蜷成一团，这顶帽子现在完全归我了——"但是你可要小心着那些泥坑啊。"

全书完

本杰明·富兰克林生平

正如阿莫鼠所言,本杰明·富兰克林以"科学家、发明家、出版家、编辑家、作家、军事家、政治家和哲学家"著称于世。这里是一份他的大事年表,其中哪些事迹是你在《本和我》中读到过的?

1706　1月17日生于马萨诸塞州的波士顿

1718　在其兄詹姆斯位于波士顿的印刷车间当学徒工

1723　搬到宾夕法尼亚州的费城居住

1724　前往伦敦进修印刷技术

1728　在费城开了自己的印刷厂

1729　收购并印刷出版《宾夕法尼亚公报》

1730　与黛博拉·里德·罗杰斯结婚,并育有三子

1732　出版第一本《穷理查年鉴》,此后25年间每年都出版一本

1737　被任命为费城邮政局长

1741　发明富兰克林炉

1743　提出创建一所学术机构的构想,后来的宾夕法尼亚大学正起源于此

1751 《关于电的实验和观察》在伦敦出版

1752 进行著名的风筝实验

1757~1762 作为宾夕法尼亚州议会代表被派驻伦敦

1762 发明玻璃琴

1764~1767 游历英、法两国

1769 当选哲学协会主席

1776 签署《独立宣言》；主持宾夕法尼亚州立宪会议；出使法国

1783~1784 发明双焦眼镜

1787 作为代表出席立宪会议并签署《美国宪法》

1789 当选宾夕法尼亚州废奴促进会主席

1790 4月17日卒于费城，终年84岁

作 者

罗伯特·罗素（1892~1957）是一位作家及画家。他为包括《爱花的牛》在内的许多图书绘制插图，他还是《他们坚强而善良》一书的图文作者，该书为他赢得了1941年的凯迪克奖。他写作并绘制插图的《兔子坡》赢得了1945年的美国纽伯瑞儿童文学金奖。而《本和我》赢得了1961年美国刘易斯·卡罗尔书架奖。

译 者

程婧波，儿童文学作家，曾获首届中国青春文学大赛短篇组特别大奖，全球华语科幻星云奖短篇金奖、中篇金奖等。已出版儿童文学作品《雪人》《星际马戏团》《橘子星球》《你知道姜饼人吗》《微笑的粉红色大象》等十余部。

《本和我》是罗伯特·罗素于1939年创作的图文书。此次的新版中译本，由卷毛对原画进行了修复、上色。

1939年原版

本版

本和我

作者_[美]罗伯特·罗素　译者_程婧波

编辑_谢云蔚　装帧设计_徐婧儒　插画绘制_卷毛　主管_韩栋娟
技术编辑_丁占旭　责任印制_梁拥军　出品人_李静

果麦
www.goldmye.com

以 微 小 的 力 量 推 动 文 明

图书在版编目（CIP）数据

本和我 / (美) 罗伯特·罗素著；程婧波译. -- 昆明：云南人民出版社，2024.6（2025.6重印）
ISBN 978-7-222-22462-9

Ⅰ.①本… Ⅱ.①罗… ②程… Ⅲ.①儿童小说—传记小说—美国—现代 Ⅳ.①I712.84

中国国家版本馆CIP数据核字(2024)第006357号

责任编辑：陈　迟
责任校对：刘　娟
责任印制：李寒东

本和我
BEN HE WO
[美] 罗伯特·罗素　著　程婧波　译

出　版	云南人民出版社
发　行	云南人民出版社
社　址	昆明市环城西路609号
邮　编	650034
网　址	www.ynpph.com.cn
E-mail	ynrms@sina.com
开　本	720mm×880mm　1/16
印　张	7
印　数	24,001—29,000
字　数	77千字
版　次	2024年6月第1版　2025年6月第5次印刷
印　刷	河北鹏润印刷有限公司
书　号	ISBN 978-7-222-22462-9
定　价	35.00元

如发现印装质量问题，影响阅读，请联系021—64386496调换